Estudiante Sumisa y otras historias

Erika Sanders
Serie
Dominación y sumisión erótica

Sinopsis

Este libro consta de las siguientes historias:
Estudiante Sumisa
Doctora muy comprensiva
En la oficina

Estudiante Sumisa es una novela de fuerte contenido erótico BDSM y, a su vez, una nueva novela perteneciente a la colección Dominación y sumisión erótica, una serie de novelas de alto contenido BDSM romántico y erótico.

(Todos los personajes tienen 18 años o más)

Nota sobre la autora:

Erika Sanders es una conocida escritora a nivel internacional, traducida a más de veinte idiomas, que firma sus escritos más eróticos, alejados de su prosa habitual, con su nombre de soltera.

Índice:

ESTUDIANTE SUMISA Y OTRAS HISTORIAS
ERIKA SANDERS

ESTUDIANTE SUMISA

PRIMERA PARTE
CARTA DE RECOMENDACIÓN

CAPÍTULO I

Cynthia se sentó afuera de la oficina del profesor.

Se acercaban los exámenes finales, lo que significaba que el profesor estaría ocupado reuniéndose con los estudiantes.

Esperó al menos veinte minutos mientras la puerta del profesor seguía cerrada.

Estaba un poco nerviosa esperando a este profesor que era el típicamente severo.

Cuando se abrió la puerta, vio al profesor hablando con otro estudiante, que se estaba preparando para irse.

Cynthia se puso de pie cuando el otro estudiante se fue, y el profesor dirigió su atención hacia ella.

Era un hombre alto y bien vestido, casado y de unos cincuenta años.

"Cynthia, me alegro de verte", dijo. "¿Tienes una cita?"

"No. Lo siento, profesor. Esto es algo de último momento".

"Estoy seguro de que conoces mi política con respecto a las reuniones. Espero que se concierte una cita primero, de lo contrario siempre habría una larga fila frente a mi puerta".

Ella respiró hondo buscando reunirse de confianza.

"Me doy cuenta de eso. Pero no hay nadie aquí ahora. Estoy segura de que puede hacer una excepción para mí".

"Bien. Solo porque eres una estudiante muy trabajadora. Entra".

Él mostró una extraña sonrisa y le indicó que entrara a su oficina, luego cerró la puerta.

El profesor se sentó detrás de su escritorio y Cynthia se sentó frente a él.

"¿En qué puedo ayudarte?" preguntó, poniéndose cómodo en su asiento.

"Bueno, últimamente he estado pensando mucho y he decidido solicitar el acceso a la facultad de derecho para el año que viene. Ya tomé el curso de acceso y logré obtener una puntuación alta. Mi promedio también está por encima de una B + ".

El asintió.

"Una elección interesante. Creo que lo harás muy bien en la facultad de derecho. No es fácil, pero ciertamente tienes la personalidad y el cerebro para hacerlo".

"Gracias", sonrió.

"Supongo que quieres una carta de recomendación mía".

"Por eso estoy aquí. Es usted el primer profesor al que he preguntado, y realmente espero que lo haga por mí".

"Entonces, ¿soy tu primera opción? ¿Por qué? Tengo curiosidad".

Cynthia se sintió un poco intimidada.

"Bueno, tiene una gran reputación en esta universidad. Y también es el jefe de departamento, lo que creo que se verá bien en mi solicitud".

"También tengo conexiones con las mejores escuelas de derecho. ¿Sabías eso?"

Ella asintió tímidamente.

"Lo sabía. Quiero decir, lo escuché de otros estudiantes. Pero no estaba segura de si era verdad o no".

"Tengo amigos cercanos que forman parte del comité de admisiones en algunas de las mejores escuelas de derecho. Por lo tanto, mis cartas de recomendación son muy útiles".

"¿Consideraría escribir una carta para mí?" ella preguntó en un tono tímido.

"No puedo", respondió sin rodeos. "Desafortunadamente, llegas demasiado tarde".

"¿Por qué? La fecha límite para las solicitudes de las escuelas de derecho es el principio del próximo año".

"Cierto. Pero solo escribo dos cartas de recomendación al final de cada semestre. Es una política personal mía. De lo contrario, tendría que escribir cartas para todos. En entonces, mis recomendaciones serían inútiles, ya que cualquier estudiante mío podría consigue una. ¿Eso tiene sentido para ti, Cynthia?

"Lo tiene."

"Si hubieras venido antes, entonces lo habría hecho por ti. Eres una de las estudiantes más capaces que he tenido en los últimos años. Y eso significa mucho, ya que esta universidad está llena de estudiantes superdotados"."

"Si cree que soy una de sus mejores estudiantes, ¿por qué no puede hacer una excepción para mí?" ella suplicó.

"Ya te lo dije. Mi regla es dos recomendaciones por semestre. Siempre sigo mis reglas. En todos mis años de enseñanza, nunca he hecho una excepción. Nunca".

Ella brevemente sostuvo su cabeza hacia abajo, antes de recuperar la compostura.

"Entiendo", respondió ella, preparándose para irse. "Gracias por su tiempo, profesor".

"Espera", dijo, deteniéndola. "Sabes que me voy a retirar este año, ¿verdad?"

"Sí, lo he escuchado".

"Esta será mi última enseñanza del semestre. Podría escribirte una carta de recomendación a principios del próximo año, y podrías presentar tu solicitud en la facultad de derecho antes de la fecha límite. Eso estaría dentro de mis reglas".

Cynthia sonrió.

"Eso suena genial. Muchas gracias, profesor. Realmente significa mucho para mí".

"No digo que lo haga. Estoy diciendo que podría ".

"Oh, entonces, ¿qué tengo que hacer?"

"Primero, dime por qué quieres ir a la escuela de leyes. ¿Cuál es tu objetivo final?"

Pensó por un momento en componer una buena respuesta.

"Bueno, siempre quise una carrera en la que pudiera ser una gran defensora de las mujeres. Casi he terminado con mi especialidad en Estudios de Mujeres y Género. He pensado en ser periodista, donde podría informar sobre varios temas. Pero mis padres siempre me han animado a probar leyes. Lo he pensado todo el semestre, ya que estoy cerca de graduarme. Después de considerarlo mucho, he decidido que estudiar leyes es para mí".

El asintió.

"Ciertamente has pensado mucho en esto".

"Sí señor, lo he hecho".

"¿Qué pasa con tus logros académicos hasta ahora? ¿Algo que deba saber?"

Pensó para sí misma otra vez.

"Bueno, he escrito varios ensayos en algunas de mis clases que se centran en los derechos de las mujeres, las mujeres de color y varios problemas sociales en este país y en todo el mundo. Obtuve una A en todos ellos".

"No es sorprendente. Me pareces una chica muy inteligente. Me gusta eso de ti".

"Gracias", ella se sonrojó.

"Envíame un correo electrónico con todos esos ensayos que has mencionado. Me gustaría examinarlos antes de tomar mi decisión".

"Por supuesto."

"Realmente me gustas, Cynthia", dijo. "Creo que eres inmensamente talentosa. Las mujeres como tú son el futuro de este país. Si puedes convencerme de que tienes verdadero interés en cambiar las cosas, entonces yo me pondré en contacto personalmente con mis amigos en las mejores escuelas de derecho, y haré todo lo posible para que entres. ¿Cómo te suena todo eso?"

"Eso suena maravilloso profesor", dijo ella con una sonrisa radiante. "Estoy segura de que le impresionará lo que tengo para ofrecerle".

"No tengo dudas de eso. Ahora, si me disculpas, tengo una cita programada en unos cinco minutos".

"Oh, por supuesto. Muchas gracias".

Cynthia se levantó y gentilmente estrechó la mano del profesor mientras él permanecía sentado detrás de su escritorio.

Cuando salió de la oficina, hizo todo lo posible por contener su emoción.

CAPÍTULO II

Cuando Cynthia regresó a su pequeño departamento, fue directamente a la habitación de su compañera de cuarto y vio que la puerta estaba abierta de par en par.

Teresa estaba acostada en la cama usando su computadora portátil para ver los últimos sitios de chismes.

"¿A ver si lo adivinas?" Cynthia preguntó retóricamente. "De hecho te lo diré directamente. Aceptó escribir una carta de recomendación para mí. ¿Puedes creerlo?"

Cynthia entró en la habitación y se sentó en la cama de su compañera de cuarto.

"¡Qué bien! ¿Cómo fue estar a solas con él? ¿Fue incómodo? Ese tipo es tan duro como el culo".

"Definitivamente fue intimidante, te puedo decir eso".

"¿Y él aceptó escribirte una carta?" Teresa preguntó. "He escuchado tantas historias de estudiantes inteligentes que son rechazados por imbéciles como él".

"Lo atrapé de buen humor me parece", se encogió de hombros Cynthia. "Pero será un proceso difícil. Quiere hablar un poco más conmigo y luego me escribirá una carta el año que viene".

"¿El año que viene? He leído que si postulas temprano a la escuela de derecho, obtienes una ligera ventaja con las admisiones".

Cynthia sonrió.

"Lo sé. Pero él tiene conexiones con algunas de las mejores escuelas de derecho. También dijo que estaría dispuesto a contactarles personalmente en mi nombre, si puedo convencerlo de que lo merezco".

"¡Oh, wow! Eso es increíble".

Teresa se inclinó hacia delante y le dio un fuerte abrazo a su amiga.

"Gracias."

"¿Cómo exactamente vas a convencerlo? Ese tipo no es fácil de complacer".

Cynthia se encogió de hombros.

"Creo que tengo que mostrarle algunos ensayos antiguos que he escrito. Fue un poco vago sobre todo el asunto. Pero estoy muy segura de todo esto. Creo que realmente le gusto. Dijo muchas cosas bonitas."

"Bueno, si alguien merece beneficiarse de sus conexiones, eres tú".

"Gracias. Mantengo mis dedos cruzados. Solo espero que no cambie de opinión ".

"Ese sería el movimiento de imbécil más grande del mundo si cambiara de opinión", respondió Teresa. "Aunque nunca se sabe, sin embargo. Pero de ninguna manera puede cambiar de opinión."

Cynthia sonrió.

"Tienes razón. Pero aún necesito impresionarlo. Haré lo que sea necesario. Créeme".

"Ya lo creo."

CAPÍTULO III

Era tarde en la noche cuando Cynthia ya había acabado de revisar sus viejos archivos.

Ella había organizado todos los ensayos mejor calificados que había escrito.

Luego los adjuntó a un archivo.

También dio los toques finales a su trabajo final para la clase del profesor.

Ella leyó el artículo final varias veces para asegurarse de que fuera perfecto.

Esta era su oportunidad de impresionar al hombre que potencialmente tenía las llaves de su futuro.

Adjuntó todo en un correo electrónico y le escribió un mensaje al profesor:

"Hola Profesor,

espero que le vaya bien. Muchas gracias por reunirse conmigo hoy. Sé que es una persona extremadamente ocupada. He adjuntado todos los ensayos que quería ver. Obtuve A en todos ellos.

También adjunté mi proyecto final para su clase, que completé antes de tiempo. Espero que todo sea satisfactorio. Avíseme si necesita algo más de mí o si desea reunirse nuevamente para discutir algo relacionado con la carta de recomendación. Realmente aprecio mucho todo esto.

Mis mejores deseos,

Cynthia"

Envió el correo electrónico, y ella suspiró aliviada.

Había estado sentada frente a su computadora durante varias horas, con muy poco descanso, para enviarle al profesor los documentos lo más rápido posible.

Con el tiempo que le quedaba antes de la cena, Cynthia revisó sus actualizaciones de Facebook para ver qué había de nuevo en su círculo social.

Llegó un correo electrónico entrante.

Era una respuesta del profesor:

"Nos vemos en mi oficina. Lunes a la nueve de la mañana."

Cynthia estaba un poco perpleja por el críptico y breve correo electrónico de respuesta del profesor.

Se preguntó si él incluso se había molestado en mirar alguno de los documentos adjuntos, por lo rápido que había contestado, y si había pasado las últimas horas trabajando muy duro en balde.

En ese momento, recibió otro correo electrónico.

Era otra respuesta del profesor:

"Discutiremos los términos de la carta de recomendación."

Este era el mensaje que ella quería.

Ella sonrió para sí misma sabiendo que las conexiones del profesor con las mejores escuelas de derecho estaban a su alcance.

Años de arduo trabajo finalmente estaban dando sus frutos.

Todo lo que necesitaba hacer era hacer lo que el profesor quisiera.

SEGUNDA PARTE
ESTUDIANTE DECIDIDA

CAPÍTULO I

Lunes.

Temprano en la mañana.

Cynthia esperaba afuera de la oficina del profesor con un traje semi formal.

Ella quería parecer sofisticada para el profesor.

Ella quería demostrar que valía la pena.

Él llegó a las nueve de la mañana exactamente.

Sostenía una pequeña bolsa de papel sin publicidad, y apenas miró a Cynthia cuando ella se levantó para saludarlo.

Se dieron la mano, luego abrió la puerta de la oficina y la dejó entrar.

Después cerró la puerta.

La situación fue algo incómoda mientras el profesor preparaba su escritorio y encendía su computadora, mientras aparentemente ignoraba a la estudiante universitaria que estaba parada delante de él en la sala.

"Espero que haya tenido un buen fin de semana", dijo ella, rompiendo la tensión.

El profesor se sentó detrás de su escritorio y Cynthia se sentó frente a él.

"Tuve un gran fin de semana", respondió. "La mayor parte la gasté clasificando papeles. Pero también tuve tiempo para otras actividades. ¿Y tú?"

"Principalmente trabajo escolar. He estado estudiando mucho para los exámenes y escribiendo documentos para otras clases".

El asintió.

"Como debería ser".

"Hablando de eso, ¿ha leído los documentos que le envié?"

"No, no lo he hecho", respondió él sin rodeos.

"Oh, pensé que los necesitaba... "

"No los miraré, Cynthia. No estoy interesado en leer tus ensayos para otras clases. No tengo tiempo para eso".

"¿Eso significa que me dará la recomendación sin tener que leerlos?" ella preguntó con cautela.

"No", respondió. "Todavía tienes que ganártela".

"¿Qué tengo que hacer entonces?"

Él la miró con una mirada aguda.

"¿Eres una persona discreta, Cynthia?"

"¿Qué quiere decir?"

"¿Eres capaz de guardar un secreto?"

"Siempre he sido una persona confiable. ¿Por qué?"

"Estoy muy interesado en ti", dijo. "Me intrigas. Pero tendrás que prometerme que todo lo que discutamos seguirá siendo confidencial. ¿Puedes hacer eso? Si todo esto funciona, lo prometo, haré todo lo posible para llevarte a la escuela que quieras. Y siempre cumplo mis promesas ".

Cynthia respiró hondo y trató de mantener la compostura.

No estaba segura de hacia dónde se dirigía la conversación, pero le gustaba el resultado.

Ella quería su ayuda.

"Lo prometo. Todo lo que discutamos será un secreto".

Él asintió lentamente.

"Me alegra oír eso."

"¿Puedo preguntar de qué se trata? Todavía no entiendo lo que quiere de mí".

"Has tomado tres de mis cursos, ¿correcto?"

"Así es."

"Siempre me has intrigado", dijo. "Desde el día en que nos conocimos, te he encontrado como una persona interesante. Y siempre me ha gustado leer tus ensayos. De hecho, para ser honesto, a veces sigo leyendo tus ensayos. Tus pensamientos sobre los derechos de las mujeres y las libertades sexuales de la mujer son bastante profundos ".

" Gracias señor ".

"Tengo una tarea para ti", dijo. "Está completamente fuera del temario. Nadie lo sabrá nunca. Obviamente, es opcional. Pero si lo haces, te daré una A automática en mi clase y te ayudaré a ingresar a una escuela de leyes de primer nivel. "

Cynthia asintió vacilante.

"Bueno."

"Es una tarea de lectura. Quiero que leas el material que te asigne. Y mañana, quiero que estés aquí de nuevo a las nueve de la mañana preparada para discutirlo".

El profesor tomó la bolsa de papel marrón y la colocó sobre su escritorio, frente a Cynthia.

"¿De qué se trata la tarea de lectura?" ella preguntó, perpleja.

"Todo lo que hay en esta bolsa es para ti. Considéralo un regalo. No la abras hasta altas horas de la noche. Y quiero que leas la historia marcada antes de dormirte. Quiero tu visión debido a tu interesante perspectiva sobre los problemas de las mujeres. ¿Puedes hacer esto por mí?"

"Puedo."

"Bien", asintió. "Ahora, si me disculpas, tengo un día ocupado. Estoy seguro de que hoy también estás ocupada".

"Gracias profesor."

Cynthia se levantó y le dio un apretón de manos al profesor.

Luego tomó la bolsa marrón y salió de la oficina.

No se molestó en mirar dentro de la bolsa.

Tenía demasiado miedo de mirar.

CAPÍTULO II

Esa noche Cynthia se acostó en la cama con las luces aún encendidas.

Acababa de terminar su rigurosa rutina de estudio de la noche.

Le dolían los ojos.

Y ella estaba mentalmente exhausta.

Miró la mesilla al lado de su cama y vio la bolsa marrón.

Casi se le había olvidado.

Así que la noche aún no había terminado.

Se sentó en la cama y tomó la bolsa.

Cuando Cynthia abrió la bolsa, se sorprendió por lo que vio.

Había un consolador rosa de tamaño moderado, que tenía la forma del pene de un hombre.

Lo levantó y lo miró, preguntándose si fue un error.

¿Quizás el profesor me dio la bolsa equivocada?

¿Por qué tiene él esto?

Pero llegó a la conclusión de que no había error.

El profesor era demasiado preciso e inteligente para cometer este tipo de errores, pensó.

Puso el consolador en su cama y buscó en el fondo de la bolsa.

Lo único que había además era un libro muy grande.

Estaba viejo y desgastado.

Ella miró la portada.

Era un libro recopilatorio de varias historias de BDSM.

Echó un vistazo al índice para ver que todas las historias eran sobre sexo.

Y no de cualquier tipo de sexo, sino historias de dominación y sumisión.

"¡Esto es acoso sexual!" Pensó.

Cynthia cerró el libro y lo puso sobre la mesa cercana.

Estaba enojada, conmocionada y triste.

Ella no sabía cómo sentirse.

Entonces recordó el comentario del profesor, que la lectura era opcional.

Ella pensó que tenía que hacer cualquier cosa que le pidiera.

Pero entonces ella tampoco recibiría nada.

Después de pensar por unos momentos, se dio cuenta de que no había daño alguno.

Era solo un libro.

Todo lo que tenía que hacer era leer lo que le habría marcado y discutirlo con el profesor.

Entonces ella obtendría la ayuda del profesor.

El consolador iría a la basura más tarde, donde pertenecía.

Después de una respiración profunda, tomó el libro y se apoyó en la almohada para sentirse cómoda. Había un marcador en el medio del libro. Lo abrió para encontrar la historia que el profesor le había asignado.

Ella comenzó a leer.

~~~

Resumen de la historia:

Erika era una mujer independiente, artista y feminista activista por los derechos de las mujeres.

Dirigía una exitosa galería de arte en el centro de la ciudad.

Se le acercó un hombre llamado Robert, que le ofrece vender parte de su propio trabajo.

Él le muestra fotos, y ella está muy impresionada con las pinturas que aparecían en sus fotos.

Pero cuando ella visita su pequeño estudio descubre que la mayoría de su trabajo está relacionado con el BDSM y eso no aparecía en sus fotos.

En la pared había imágenes de mujeres atadas y complacidas.
~~~

Erika le dice cortésmente a Robert que no está de acuerdo con el contenido de sus cuadros, y luego rechaza la oferta de comprar una obra de arte.

Días más tarde, Robert continúa solicitando una relación comercial con ella.

Él le envía por correo electrónico más de sus fotos, que esta vez sí mostraban a las mujeres atadas y amordazadas.

Luego había fotos de mujeres en varios estados de intenso orgasmo.

Erika se sintió en conflicto con las imágenes.

Ella pensaba que eran lascivos, pero con buen gusto.

Definitivamente fueron estimulantes para ella de alguna manera.

Ella estaba intrigada.

Acordó encontrarse con él nuevamente para discutir un posible acuerdo.

En su pequeño estudio, Robert la convenció de que el BDSM no era tan malo.

La convenció de que era algo hermoso y que las mujeres recibían mucho placer.

Erika se mostró escéptica, pero aceptó experimentar una esclavitud ligera a pedido de Robert.

Eso le abrió la puerta a él para tener como nuevo fetiche BDSM a Erika.

~~~

Después de leer la historia, Cynthia se encontró ligeramente excitada.

Con el estrés de los próximos exámenes finales, el sexo era lo último en lo que pensaba, pero la historia cambió eso.

Estaba húmeda entre las piernas.

Estaba fascinada por los personajes.

Ella se cautivó con la idea de que el personaje femenino de la historia fuera atada y usada sexualmente.
~~~

De repente, el consolador de la bolsa marrón ya no parecía tan mala idea ...

CAPÍTULO III

Al día siguiente.

Cynthia estaba sentada frente al escritorio del profesor.

Simplemente la miró sin decir una palabra.

Tomó otro sorbo de su café.

Mientras más se prolongaba el silencio, más incómoda se volvía con su reunión.

"Quiero saber qué te hizo sentir", dijo él, rompiendo el silencio. "Quiero saber cómo funcionó tu mente con cada detalle. ¿Estás de acuerdo con eso?"

"Lo estoy."

"¿Leíste la historia que te asigné?"

"Lo hice. Pensé que estaba bien escrita".

"¿Qué más pensaste al respecto?" preguntó. "¿Qué te pareció la evolución del personaje principal?"

Cynthia hizo una pausa por un momento.

"Pienso que la evolución del personaje principal es algo común para muchas personas. He investigado mucho sobre la sexualidad a lo largo de los años. Las personas están descubriendo constantemente sus fetiches durante toda la vida. No hay absolutamente nada de malo en la exploración sexual. Es parte del ser humano ".

"¿Crees que esa historia fue realista? ¿Crees que algo así podría pasarle a una feminista devota?"

"¿Por qué no?" ella respondió. "El personaje de esa historia es humano como todos los demás. El hecho de que sea feminista probablemente alimentó el tabú de ser sumisa a un hombre dominante. El hecho de que alguien sea feminista no significa que no puedan disfrutar de una vida sexual plena. ".

Él sonrió.

"Eres una chica muy inteligente. Disfruto escuchando tu perspicacia".

"¿Esto significa que me he ganado tu recomendación?"

"Todavía no. Quiero saber si usaste el juguete que te di. ¿Lo usaste en ti misma mientras leías la historia? ¿O lo usaste después?"

Una mirada atónita apareció en su rostro.

"¿Qué quiere decir?"

"¿Usaste el consolador en ti misma?"

"Yo ... no veo cómo eso es asunto suyo".

"Lo que digas será confidencial. Me retiraré a fin de año, ¿recuerdas? En unas pocas semanas más, no volverás a verme".

Ella pensó por un momento.

"Usé el consolador en mí misma después de leer la historia".

"¿Qué estabas pensando?"

"En el personaje principal al final de la historia. Ya sabe, estar atada".

"¿Siempre has tenido un fetiche de esclavitud?" el preguntó.

"No creo que esto sea apropiado. Ya hice todo lo que me pidió".

"Todavía tenemos mucho tiempo", respondió. "Eres una chica muy especial. Trabajas duro y eres muy decidida. Aprecio esas cualidades y quiero que experimentes las alegrías de la vida. No estoy tratando de engañare. Deberías confiar en mí en esto ".

"¿Qué quiere de mí?"

"En este momento, te estoy dando otra tarea".

"¿Será la última?"

"Quizás", respondió. "En este momento, tienes una A en mi clase. Eso es todo. Si me escuchas, usaré mis conexiones en tu nombre".

"Bien", ella asintió.

"Lee la séptima historia en ese libro. Luego quiero que te masturbes con el consolador. Mañana, nos volveremos a ver. Hablaremos de la historia. Y quiero que me cuentes todo sobre tu orgasmo. ¿Puedes hacerlo? "

"Si."

"Bien. Y no nos reuniremos en mi oficina. Te enviaré la ubicación de la reunión mañana por la mañana. ¿Entendido?"

"¿Promete usar sus conexiones para mí?"

"Lo prometo."

"Entonces es un trato".

TERCERA PARTE
PARTE INFERIOR ENROJECIDA

31

CAPÍTULO I

Más tarde aquella misma noche.

Cynthia y Teresa lavaron los platos juntas después de la cena.

También habían cocinado juntas.

Después de secar y colocar los platos en el estante, Teresa dejó la toalla y se apoyó contra la encimera.

"Esta es la peor semana final de mi vida", gimió Teresa. "¿Por qué tuve que especializarme en biología?"

"Porque quieres hacer cosas buenas con tu vida. Valdrá la pena".

"¿Eso crees?"

"Eso espero", se encogió de hombros Cynthia.

"Bueno, eso es tranquilizador".

Cynthia se apoyó también contra la encimera de la cocina y miró a su mejor amiga.

"No puedo creer lo lejos que hemos llegado", dijo. "Solíamos hablar de ser adultas cuando éramos jovencitas. Ahora míranos. Nosotras estamos a punto de conseguir tener grandes carreras ".

Teresa sonrió.

"Un semestre más y luego ya no seremos compañeras de cuarto. Me dan ganas de llorar al pensar en eso".

"Estaremos bien. Es lo mejor".

Teresa asintió con la cabeza.

"Tienes razón. Por cómo te van las cosas, te dirigirás a la mejor escuela de leyes del país".

"Ese acuerdo aún no se ha realizado".

"¿Qué está pasando con ese tipo de todos modos? ¿Por qué no escribe la maldita cosa y termina de una vez con todo esto como un profesor normal?"

"Él solo quiere ser minucioso, eso es todo", respondió Cynthia. "Creo que terminaremos después de otra ronda de preguntas sobre mi historial académico y mis metas futuras. Y ese tipo de cosas".

"Si no te conociera mejor, yo diría que ese tipo tiene interés en tener algo contigo ", respondió Teresa con un mal juego de palabras.

" ¿Qué te hace decir eso? "

"La forma en que te llama en clase. La forma en que te mira. Es algo obvio, bueno, para mí de todos modos".

"Trata a todos de la misma manera en clase. Además, está casado".

"Es extraño que haya pasado tanto tiempo contigo últimamente", señaló Teresa. "¿Estás enamorado de él por casualidad?"

"¡No!" Cynthia respondió con diversión y horror. "¿Cómo puedes decir algo así?"

Teresa hizo una mueca graciosa.

"Dios. Solo me lo preguntaba. Jesús. No te pongas tan a la defensiva".

"De todos modos, hay mucho tiempo para bromear sobre todo esto más tarde. En este momento, necesito estudiar. No eres la única persona con exámenes brutales".

"Entonces será mejor que nos pongamos con los libros".

"Así es."

CAPÍTULO II

Después de cerrar la puerta, Cynthia se recostó cómodamente en la cama, recostada sobre la almohada.

Era su posición favorita para estudiar.

Ella rápidamente repasó los libros y las notas de sus clases.

Ella ya estaba preparada y todo lo llevaba adelantado a lo previsto.

Cerró el material y descansó brevemente los ojos.

La tarea del profesor todavía estaba pendiente.

Se preguntó brevemente si Teresa tenía razón en que estaba desarrollando un pequeño enamoramiento por él.

El poder que poseía sobre ella era un gran tabú.

Cynthia dejó a un lado sus cosas de la escuela y tomó el gran libro BDSM. Volvió a su posición cómoda en la cama y abrió el libro en la historia siete.

Comenzó a leer.

~~~

Resumen de la historia:

Samantha era una exitosa mujer de negocios.

Ella tenía una gran oficina en una oficina corporativa.

Se había acostumbrado a dar órdenes a hombres fuertes.

La compañía para la que trabajaba había sido adquirida por otra compañía.

De repente, ella tenía un nuevo jefe masculino.

El nuevo jefe de Samantha era muy diferente a cualquier persona con la que hubiera trabajado en el pasado.

El nuevo jefe no estaba intimidado por ella ni por su belleza.

Exudaba confianza y el atractivo sexual de Samantha no funcionaba en él.
~~~

Inmediatamente se estableció como la persona a cargo.

Se estableció como su superior.

Al final de la historia, ella tenía visitas semanales de él a su oficina privada para hacerle saber que ella era sumisa.

Samantha se encontró atada y azotada en su propio escritorio.

Él le usaba el agujero que más le convenía.

A veces le follaba la boca, otras la follaba analmente.

Ese era su nuevo papel en la empresa.

~~~

Cynthia cerró el libro y extendió sus brazos y piernas sobre la cama.

Había una sensación de hormigueo entre sus muslos.

En el fondo, la hacía sentir culpable excitarse por una historia en la que un hombre degradaba sexualmente a una mujer fuerte.

Pero ella estaba excitada de todos modos.

La tarea del profesor era clara: quería que ella usara el consolador.

Metió la mano dentro de su cajón para tomar el juguete sexual.

Luego se quitó la ropa de abajo por completo.

Se acostó en la cama con las piernas abiertas y comenzó a acariciar su coño con los dedos.

Cuando estuvo lo suficientemente excitada y mojada, insertó el juguete sexual dentro.

El juguete entraba y salía de su coño.

Mantenía los ojos cerrados.

Ella se imaginó pensamientos lascivos del personaje femenino en el libro siendo follada oralmente mientras estaba atada a su escritorio.

Ella trató de mantener su masturbación tranquila para que Teresa no la escuchara.

Su mente se mantenía ocupada, y también sus dedos que guiaban el juguete sexual.

En poco tiempo, sus dedos de los pies se curvaron y su espalda se arqueó ligeramente.
~~~

Ella cerró la boca para no hacer ruidos fuertes de gemidos.

Ella se vino.

Luego su cuerpo se relajó y se acostó en la cama con una sensación de felicidad.

Había sido una fantasía muy sucia.

Si tan solo hubiera descubierto esto antes ...

CAPÍTULO III

Al día siguiente.

Eran las ocho de la mañana.

Cynthia había seguido las instrucciones que el profesor le había enviado por correo electrónico.

Llevaba un bonito top abotonado con una falda tubo de tipo de oficina.

En lugar de reunirse en su oficina, se encontraron fuera de un aula vacía, que él abrió con su llave.

Llevaba una bolsa de papel.

Después de que entraron al aula, cerró la puerta con la llave.

"Toma asiento", dijo, encendiendo las luces.

"Estoy un poco nerviosa hoy", dijo Cynthia casi juguetona mientras caminaba por la sala vacía.

"¿Por qué?"

"Todo lo que hemos estado haciendo. Este salón de clases".

"No te pongas nerviosa", respondió. "No necesitas estarlo".

"Espero que no."

Cynthia se sentó en la primera fila del gran salón de clases.

"Buena elección", sonrió. "Las chicas buenas siempre se sientan en la primera fila. Me gustan las chicas buenas".

"¿Has hecho esto antes?"

"¿Hecho qué?"

"Esto", respondió ella. "¿Has hecho que otras alumnas hagan cosas sexuales por ti a cambio de tu carta de recomendación o una buena calificación?"

"Tengo una prestigiosa carrera académica, Cynthia. No arriesgaría mi reputación al solicitar favores de estudiantes al azar".

"Entonces, ¿por qué hacer esto conmigo?"

"Porque eres especial", dijo sin rodeos. "Me has intrigado desde la primera vez que te vi. Me has intrigado cada vez que hablas en clase y cada vez que leo tu trabajo. Eres una persona especial. Y eres la estudiante más hermosa que he tenido ".

"Palabras halagadoras, pero ¿cómo sabes que no presentaré una queja en tu contra por acoso sexual? Lo he hecho antes con otros hombres".

"No lo harás. Estás demasiada decidida a terminar con esto ahora. Tengo algo que deseas desesperadamente. Entonces, ¿deberíamos comenzar ya? Cuanto antes comencemos, antes terminaremos".

Ella asintió lentamente.

"Adelante."

"¿Leíste la historia anoche?"

"Lo hice."

"¿Qué piensas al respecto?"

Ella pensó por un momento.

"Pensé que era excitante. Nunca había leído ese tipo de cosas antes. Siempre sentí que el sexo debería ser de iguales entre hombres y mujeres. Todo debería ser igualitario. Y obviamente mis inclinaciones políticas están en el lado feminista. Pero fue muy emocionante leerlo. Me gustó mucho."

"Asumo que te masturbaste con el consolador de nuevo".

"Yo lo hice."

"¿En qué pensaste específicamente al hacerlo?" preguntó.

"El personaje femenino está atado a su escritorio. Se la está usando. Ese tipo de cosas. Esa fue la parte más erótica de la historia".

El profesor hizo un gesto hacia su bolso marrón.

"Pensé que disfrutarías de esa escena. Por suerte vine preparado. Y afortunadamente estamos en un aula vacía con un escritorio grande. ¿Te gustaría experimentar con algo nuevo?"

"Yo ... no creo que ..."

"La puerta está cerrada Cynthia. Nadie lo sabrá jamás. Y yo nunca lo diré. Tengo demasiado que perder. Me retiro al final del año y nunca tendrás que volver a verme. También puedo ayudarte con becas y otras formas de hacer que tu educación sea más asequible. Podemos ayudarnos el uno al otro."

Luchó emocionalmente por un momento.

"No sé. No soy ese tipo de persona".

"Haré todo el trabajo. No tienes que hacer nada. No te voy a penetrar ni oral ni vaginalmente. Solo quiero explorar".

"¿Y si quiero parar?" ella preguntó.

"Entonces nos detendremos".

"OK."

"Ven al frente de la clase. Acuéstate con tu estómago sobre la mesa del profesorado".

Cynthia se levantó y caminó hacia la mesa principal.

Ella hizo todo lo posible para poner una cara valiente.

Era una línea que nunca pensó que cruzaría con un hombre, pero lo estaba haciendo.

Estaba preparada para dejar que su cuerpo fuera usado por un profesor mucho mayor, todo por el bien de avanzar en su educación.

Se juró a sí misma que esto nadie lo sabría nunca.

Apoyó el estómago y el pecho sobre la mesa, con la cara hacia el aula vacía.

Ella cerró los ojos, casi en un estado de vergüenza.

Escuchó al profesor caminando detrás de ella.

Entonces sintió que sus manos se deslizaban suavemente por su falda de tubo de oficina levantándola.

"Relájate", dijo. "Seré amable contigo. Estás a salvo conmigo".

El profesor le bajó suavemente las bragas, y ella levantó cada pie para que pudiera quitárselas.

Se sentía vulnerable y expuesta con su vestido levantado y sin bragas.

Oyó el crujido de la bolsa de papel al abrirse.

Ella continuó apretando los ojos cerrados.

Tenía demasiado miedo de mirar.

Luego sintió que le ataban los tobillos con una cuerda suave.

Ella no se resistió y no se opuso.

Sucedió muy rápido.

Antes de que ella lo pensara dos veces, sus tobillos estaban atados al final de las patas de la mesa.

El profesor se movió alrededor de la mesa y repitió el proceso con sus muñecas.

En un proceso igualmente rápido, las muñecas de Cynthia estaban atadas al final de la mesa.

Estaba completamente sujeta y atada.

"Por favor, relájate", dijo. "Las cosas serán más fáciles de esa manera".

El profesor golpeó suavemente el trasero desnudo de Cynthia.

Fue un shock y una sorpresa para ella.

Causó que sus ojos se abrieran por completo.

Incluso cuando era chiquilla nunca había sido azotada.

Fue una nueva sensación.

Antes de que ella pudiera procesar emocionalmente la situación, llegó otro azote.

Luego otro.

Los azotes suaves se estaban volviendo cada vez más duros.

Los azotes comenzaron a resonar en la gran aula universitaria.

"¿Cómo te sientes?" preguntó de él manera paternal. "¿Eres capaz de manejar esto?"

"Pica un poco."

"Terminará pronto. Cuanto antes te corras, antes terminaremos".

Sus ojos permanecieron muy abiertos.

¿Cuánto antes me corra?

Tenía la intención de hacerla llegar al orgasmo, y ella no se resistió.

Ella no se defendió.

Ella no le dijo que se fuera a la mierda.

Sus valores feministas se estaban erosionando y, en el fondo, le gustaba.

Oyó el sonido del profesor metiendo la mano de nuevo dentro de su bolsa marrón.

Estaba nerviosa y no sabía qué esperar.

Cuando él tiró la bolsa, ella descubrió lo que había estado buscando.

Hubo otra bofetada en su trasero expuesto.

No fue con su mano.

Ahora tenía una pequeña pala de goma.

La pala dolía más que su mano desnuda.

Tenía un sentimiento punzante.

Él continuó golpeando su trasero desnudo.

Comenzó a doler más.

Su trasero se volvió de un tono rojo brillante.

Se mordió el labio inferior e intentó no llorar como una chiquilla tonta.

Ella no quería parecer débil ante su profesor dominante y fuerte.

El dolor creció.

El profesor continuó golpeando más fuerte y más rápido.

Ella quería llorar.

De repente, se detuvo.

Ella lo escuchó colocar la pala sobre la mesa, y luego se arrodilló para acariciar suavemente su trasero ardiente.

Lo frotó de una manera suave.

Le dio besos suaves.

Luego alcanzó abajo y jugó con su clítoris hinchado.

"Oh ..." ella gimió.

Pudo evitar hacer ruidos durante las nalgadas, pero no por la estimulación directa de su clítoris hinchado.

El profesor frotó su clítoris en un rápido movimiento circular con dos dedos.

Con su otra mano, continuó acariciando el dolorido trasero.

Él continuó besando suavemente su trasero como si lo estuviera adorando.

Incluso le dio unas lamidas.

"Creo que me voy a correr", admitió ella vergonzosamente.

"Córrete para mí, querida. Sé mi pequeña gatita sexual y ten un orgasmo maravilloso".

Él presionó su rostro contra su dolorido trasero y continuó frotando furiosamente su clítoris.

Los ojos de Cynthia se volvieron hacia atrás.

Su boca estaba abierta de par en par.

Su cuerpo se tensó.

Los músculos de su espalda y piernas se contrajeron, pero no había forma de que pudiera moverse ya que sus extremidades estaban atadas al escritorio.

Suaves gemidos escaparon de su boca.

Pronto, un pequeño río de fluidos claros brotó de su coño caliente.

El profesor no detuvo sus movimientos con los dedos hasta que todo estuvo fuera.

Luego le dio a su trasero otro beso.

El profesor se levantó y le dio un beso a Cynthia a un lado de la cara.

Él besó su cabello algunas veces también.

Cuando el profesor desató a Cynthia, ella se sentó en el suelo en posición fetal.

Su cuerpo se sentía como gelatina.

Su fuerza se había ido.

El profesor se sentó en el suelo junto a ella.

"Eres maravillosa", dijo. "Realmente maravillosa".

"¿Es eso lo que querías?" ella respondió con una respiración profunda.

"Fue más de lo que quería. Eres realmente increíble".

"¿Esto significa que hemos terminado?" Preguntó, insegura de si quería que terminara o no.

"No. Ni siquiera estamos cerca de terminar. A partir de ahora, has obtenido un A + en mi clase. Pero aún no has ganado mis conexiones. Si continuas, haré todo lo posible para llevarte a la facultad de derecho que elijas. Y te ayudaré a conseguir becas para pagarlo todo ".

"¿Que tengo que hacer?"

"Ahora, quiero que continúes estudiando para tus otros exámenes. Eres una estudiante tipo A. Debes actuar con tal".

"¿Y después?" ella preguntó. "¿Qué sucederá después de que se haga los exámenes?".

"¿Planeas ir a algún lado? ¿Vives cerca de la casa de tu familia? ¿O te quedas en un dormitorio común?"

"Comparto un apartamento con mi compañera de cuarto. Ambas nos iremos a casa después de la semana final. Tenemos vuelos programados. ¿Por qué?"

El profesor le pasó la mano por el pelo.

"Cancela tu vuelo. Vuelve a programarlo para unos días después".

"¿Pero mi familia? Me esperan en casa pronto".

"Solo necesitaré unos días. Diles que estás terminando un proyecto importante para la escuela. Ellos lo entenderán".

"¿Qué vamos a hacer?" ella preguntó.

"Cuando tu compañera de cuarto se vaya, quiero visitar tu departamento. Quiero ver cómo vives. Quiero tomar mi tiempo contigo. Quiero que estemos solos juntos. Tengo curiosidad por ti a nivel personal. Como te he mencionado antes, estoy muy interesado en ti. Me fascinas ".

"¿Qué pasa con ... sexualmente ... ¿Cuáles son tus planes para mí?"
Él sonrió.

"Ya resolveremos eso".

"Tú no me vas a joder. Tengo novio y ahí es donde trazo la línea ".

"¿Qué puedes hacer para mí entonces?"

Ella pensó por un momento.

"Puedes azotarme de nuevo".

"¿Me chuparás la polla?"

Ella asintió vacilante.

"Está bien. Pero eso sería todo".

"Mejor nos ponemos en marcha. No olvides tus bragas. Están sobre la mesa. Y no te olvides de nuestros planes. Prometo que todo valdrá la pena".

Dicho esto, el profesor se levantó y volvió a poner las cuerdas y la paleta dentro de la bolsa marrón.

Luego se fue, dejándola sola en la sala.

Cynthia continuó sentada en posición fetal mientras ordenaba sus pensamientos.

La sensación orgásmica todavía fluía por su cuerpo.

Aún no podía decir si amaba la experiencia de la esclavitud, o si la odiaba.

Pero el pequeño charco de líquidos que dejó atrás le dio la respuesta.

CUARTA PARTE
MÁS ALLÁ DE LO ACORDADO

45

Una semana después.

Cynthia miró por la ventana de su departamento para observar la vista que se desarrollaba fuera de su casa.

Estaba sola.

Teresa ya se había ido después de terminar todos sus exámenes finales.

Cynthia debería haberse ido también.

Ella debería haber estado ya en casa con su familia.

En cambio, ella estaba esperando al profesor.

Ya le había dado la dirección.

Ella esperaba en un estado meditativo a que él viniera.

Llevaba puesto un bonito vestido azul.

Era elegante y casual.

Estaba descalza y no llevaba nada debajo del vestido.

Todo lo que había hecho con el profesor estaba en contra de su naturaleza.

Estaba en contra de los fuertes valores con los que se había criado.

Y estaba en contra de los valores que quería defender como futura abogada.

Pero el profesor le había dado el mejor orgasmo de su vida.

Pensaba en ese orgasmo todos los días.

Se masturbaba pensando en el profesor todas las noches.

Se preguntaba qué habría planeado.

Sonó el timbre de la puerta de la calle y ella dejó entrar al profesor en el edificio.

Ella abrió la puerta del departamento y lo esperó.

Cuando salió del ascensor al piso de su departamento, ella le sonrió.

Estaba vestido con una vestimenta semi casual y llevaba una bolsa de papel marrón.

Se saludaron y él entró a su apartamento con confianza, como si viviera allá.

Cynthia cerró la puerta y él miró alrededor de la sala después de quitarse los zapatos.

"Hermoso lugar", dijo, mientras continuaba inspeccionando la habitación.

"Gracias. He estado viviendo aquí por casi cuatro años con mi compañera de cuarto. Lo hicimos lo mejor que pudimos".

"¿Le has contado a tu compañera de cuarto sobre esto?"

"No. Por Dios, no. No se lo he dicho a nadie. Y nunca lo haré".

"Debería seguir así", asintió. "Te ves preciosa con ese vestido. Eres como un regalo que espera ser abierto".

"Gracias", respondió nerviosamente. "¿Puedo traerte algo de beber?"

"Estoy bien. ¿Te importa si nos sentamos y hablamos?"

"Por supuesto."

Ambos se sentaron en el sofá de la sala.

"Tengo un regalo para ti", dijo.

Metió la mano dentro de la bolsa marrón y le entregó a Cynthia un sobre.

Ella lo abrió y vio una carta mecanografiada en un papel que tenía las marcas y títulos oficiales de la universidad.

Rápidamente hojeó la página.

Era una brillante carta de recomendación del profesor, que decía que Cynthia era sin duda la estudiante más inteligente que había conocido.

También elogiaba brillantemente su carácter moral y su ética de trabajo.

Incluso había una larga declaración sobre la pasión de Cynthia por los derechos de las mujeres.

"Yo ... estoy sin palabras", logró decir ella. "Esto es maravilloso. Es mejor que cualquier cosa que podría haberse escrito para mí".

"Probablemente no necesitarás esa carta. Ya he hablado con un viejo amigo que trabaja en una escuela de leyes de primer nivel. Tu solicitud recibirá una evaluación especial".

"¿Qué escuela?"

"Una de nivel superior. Estarás muy contenta allá. También he hablado con personas sobre posibles becas. Todo estará arreglado en estos días".

Ella puso sus manos sobre su pecho.

"No tienes idea de lo feliz que me hace esto. Quiero decir, WOW. Esto es más de lo que podría haber esperado. Esto realmente va a cambiar mi vida".

"Nunca he hecho tanto por una estudiante. Solo estoy haciendo esto por ti".

"No sé qué decir".

"No tienes que decir nada", dijo con severidad. "Si quieres expresar tu gratitud, quítate el vestido".

Fue un momento aleccionador.

Su momento de emoción despreocupado se encontró con la realidad de que había condiciones que cumplir.

Ella respiró hondo y se levantó.

Los ojos de ambos estaban centrados el uno en la otra.

Sus dedos pellizcaron la parte inferior de su vestido azul.

Luego se levantó el vestido por encima de la cabeza para revelar sus delgadas piernas, su coño afeitado y sus pequeños pechos turgentes con sus pezones rosados.

Ella permaneció desnuda ante él, haciendo todo lo posible por mantener una cara valiente.

Ella trató de no mostrar ningún signo de nerviosismo o excitación.

Pero sus dedos ligeramente temblorosos revelaban su nerviosismo.

Y sus endurecidos pezones rosados se volvieron completamente rígidos, mostrando su excitación.

"Perfecto", dijo él, con los ojos vagando por su desnudez de pies a cabeza. "Eres una visión de la perfección".

"Gracias."

"Estoy seguro de que te estás preguntando qué hay en la bolsa. Te ves nerviosa. No te preocupes, no soy un sádico. Solo soy un hombre normal con una fantasía muy común".

Sus ojos continuaron recorriendo cada centímetro de su cuerpo, observando su belleza.

"¿Qué fantasía es esa?" Preguntó ella con una curiosidad genuina.

Se puso de pie y metió la mano dentro de la bolsa.

Pensó por un momento en dar una respuesta definitiva a la pregunta de Cynthia.

"Me encantan las mujeres inteligentes e independientes. Alguien como tú. Me encontré con literatura sobre la esclavitud sexual hace años y me sentí extrañamente atraído por ella. Me sentí muy culpable por eso, porque siempre he sido un gran defensor de los derechos de las mujeres, como tú. Pero es solo una fantasía sexual, ¿verdad? Nadie se lastima. Y todos disfrutan. ¿No estás de acuerdo?"

" Sí ".

"Es una fantasía muy común. No hay vergüenza en disfrutarla. No debería haberla".

El profesor sacó un collar negro de la bolsa.

Parecía erótico, pero intimidante.

Era hecho específicamente para fines sexuales.

"¿Qué es eso?" ella preguntó.

"Es un collar para tu cuello. Creo que te quedará bien. Dice 'puta' en él. Es un nombre divertido para nuestro tiempo juntos".

"¿Has hecho esto con otras mujeres?"

"No. Nunca he tenido el coraje. Nunca he sido muy valiente".

"Tienes mi ahora."

Él sonrió.

"Tienes razón. Te tengo. Ahora relájate mientras te pongo el collar".

El profesor puso la bolsa en el sofá y le cepilló el pelo a Cynthia.

Envolvió el collar alrededor de su cuello y comenzó a apretarlo.

Estuvo atento a no dejarlo demasiado apretado.

No quería que se agobiara ni sofocara.

Él solo quería hacerla sentir un poco incómoda, y así fue.

Cuando él dio un paso atrás, Cynthia estaba desnuda, excepto por el collar con la palabra PUTA colocada en la parte delantera de su garganta.

"Mírate en el espejo", dijo.

Cynthia caminó hacia el espejo de la sala, que estaba justo al lado de la puerta principal.

Ella miró su cuerpo desnudo.

Miró el collar alrededor de su cuello que la etiquetaba como una puta.

Estaba en contra de todos los principios que ella había defendido.

Se sintió avergonzada de sí misma.

Pero a la vez ella se sintió muy excitada.

Nadie puede saber nada sobre esto.

Nunca.

"¿Qué piensas?" preguntó él, parándose detrás de ella con una cuerda en sus manos.

"Es una vista provocativa".

"Lo es. Ahora junta tus manos. Voy a atarte".

Cynthia juntó las manos y el profesor le ató las muñecas con una suave cuerda negra mientras él todavía estaba de pie detrás de ella.

No tardó mucho.

En unos momentos, sus manos estaban unidas.

"¿Ahora qué?" ella le preguntó.

Casualmente caminó hacia atrás mientras la miraba.

Se paró en el centro de la sala y la miró directamente a los ojos.

"Ahora quiero que me chupes la polla. Estoy seguro de que eres muy buena en eso. Quiero que seas una gatita sexual obediente y que me muestres lo bueno que puedes chupar".

Cynthia caminó hacia él con las manos atadas.

Él era mucho más alto que ella.

Después de un breve contacto visual, ella se arrodilló y comenzó a desabrocharle los pantalones con las manos atadas.

Ella le bajó los pantalones hasta los tobillos para revelar un pene semi erecto.

Ella lo miró por un momento.

Era un poco más grande que el de su novio.

Lo sostuvo en la mano y lo acarició brevemente antes de detenerse a pensar.

Ella dudó.

"Quiero que sepas que normalmente no hago esto", dijo después de reflexionar. "Solo he hecho este tipo de cosas en las relaciones. Siempre he estado en contra de que las mujeres usen sus cuerpos o su sexualidad para obtener lo que quieren".

"Por eso exactamente quiero mi polla en tu boca".

El comentario la ofendió un poco.

Pero aun así le envió un cosquilleo entre sus piernas.

Ella se inclinó para chuparle la polla.

Siempre le había encantado chupar la polla de sus todos novios.

Era algo que había disfrutado desde la primera vez que lo había hecho.

Se había convertido en una experiencia sexual muy excitante para ella.

Y nunca había habido quejas.

Ella siempre había recibido excelentes críticas por sus habilidades sexuales orales.

Con sus labios envueltos alrededor de la polla, sacudió la cabeza mientras chupaba.

Sus muñecas atadas limitaban el movimiento de su mano.

Su lengua se arremolinó alrededor de la cabeza y el miembro.

Levantó la vista en alto hacia el profesor que estaba sobre ella mientras seguía chupando.

Hicieron contacto visual, lo que fue algo excitante y parcialmente humillante.

Ella miró hacia otro lado cuando comenzó a tomar su polla más profundamente dentro de su boca.

Entonces ella chupó cada una de sus bolas.

"Eres genial en esto", gimió. "Sabía que lo serías. Tienes los labios perfectos para esto".

"Gracias", susurró, después de sacar su polla brevemente de su boca.

Ella regresó al trabajo, con la esperanza de hacer que se corriera lo más rápido posible.

Mientras más esfuerzo hacía para chuparle la polla, más excitada se había vuelto en el proceso.

No necesitaba tocar su coño para darse cuenta de que estaba empapada entre las piernas.

"Eso es suficiente por ahora", dijo. "Quiero que te inclines sobre la mesa del comedor. Sobre tu estómago. Vamos a tener sexo en un momento".

Ella lo miró atónita.

"Nuestro trato era por una mamada. Eso es todo".

"Las ofertas siempre se pueden mejorar".

"Por favor. Solo acepté hacerte una mamada".

"Tócate entre las piernas. Tu cuerpo sabe lo que quiere. Si estás seca, entonces saldré y te daré todo lo que quieras. Si estás mojada, todavía tenemos trabajo que hacer".

El profesor era persistente.

Cynthia sabía que era un argumento con sentido.

Su corazón lo quería.

Su coño lo quería.

No tenía sentido luchar.

Lo que sea que haga con ella, se sentirá bien.

Él va a hacer que se corra de nuevo.

Entonces, ¿por qué negarse?

Se puso de pie y caminó hacia la mesa del comedor, que estaba a solo unos metros de distancia.

Se inclinó, colocando las manos, la cara, los senos y el estómago sobre la mesa.

La mesa en la que había compartido innumerables comidas con su mejor amiga se había convertido de repente en un lugar de satisfacción sexual.

Se preguntó qué haría él a continuación, pero no tenía idea.

Ella no sabía qué esperar.

Escuchó el sonido de la bolsa revolviéndose mientras el profesor buscaba.

El profesor ató sus manos atadas a las patas de la mesa usando más cuerda negra.

Las muñecas de Cynthia estaban completamente restringidas y no había forma de que pudiera mover sus brazos.

El profesor también ató cada uno de sus tobillos al fondo de la mesa.

Las piernas de Cynthia estaban separadas, y su coño y ano estaban bien abiertos.

"¿Sabes qué es un flagelo?" preguntó.

"Sí", respondió nerviosamente.

"Voy a usarlo contigo. No te preocupes. No voy a lastimarte. Puede que duela un poco. Avísame si es demasiado".

Cynthia apretó la cuerda con fuerza mientras el azote golpeaba sus nalgas.

El segundo golpe fue más contundente.

Recordaba demasiado bien la sensación del último azote.

Era un sentimiento que nunca olvidaría.

Pero la flagelación era mucho más potente que la pala.

Cada extremo de la flagelación enviaba una sensación de hormigueo a través de su coño y columna vertebral.

Cada extremo del flagelo la estimulaba sexualmente.

La flagelación se trasladó a su espalda superior.

Los chasquidos eran fuertes al lado de su oído.

Picaba.

Ella comenzó a gemir cada vez que era golpeada.

El dolor se hizo cada vez más agudo.

Pero también lo hizo el placer.

Se convirtió en una combinación potente y perfecta.

La azotó con fuerza en la espalda y su coño se humedeció.

Ella gemía ruidosamente con cada golpe.

Cuando su espalda se puso roja, él dirigió la atención de su flagelo hacia abajo, golpeando la parte posterior de sus muslos.

El área era tan sensible que casi la hizo gritar.

Cynthia se apretó más fuerte a la cuerda con la esperanza de aliviar el dolor.

La flagelación se movió a cada una de las nalgas de Cynthia.

Era el lugar que le dio más placer.

Cada extremo del flagelo la golpeaba con fuerza y la puso más cachonda.

La flagelación se detuvo por un momento misericordioso, y el profesor insertó dos de sus dedos dentro de su coño.

"Dios mío", dijo. "Eres como un grifo. Pobrecita".

"Yo ... necesito correrme".

Él sonrió.

"En unos momentos, querida. Necesitamos terminar nuestro juego previo primero".

El profesor volvió a su posición de flagelación y golpeó suavemente a Cynthia justo entre las nalgas.

Gimió cuando los extremos del azote golpearon directamente la piel ultra sensible de su coño y ano.

La dejó adaptarse al dolor por un momento antes de enviar otro golpe en su dirección.

Él continuó azotando su coño y ano.

Bajó el azote y usó su mano abierta para abofetear su sensible área sexual.

La nalgada fue suave al principio.

Pero luego aumentó la fuerza por cada nalgada.

Incluso se aseguró de azotar su clítoris hinchado, lo que la hizo gemir como una puta.

Su mano se humedecía con los fluidos del coño de Cynthia después de cada azote.

"Creo que estás lista. ¿Quieres correrte ahora?"

"Sí", gimió ella.

"Has sido una buena chica. Así que es justo que yo te obligue a hacerlo ".

Metió la mano en la bolsa de nuevo.

Cynthia no podía ver lo que el profesor estaba buscando.

Todo lo que escuchaba era el ruido de la bolsa.

Luego sintió que los dedos de él extendían sus labios cuando él insertó un objeto.

Era un juguete sexual.

Liso y perfectamente formado.

Se deslizó fácilmente dentro de su coño debido a su pequeño tamaño, lo que la decepcionó un poco.

Ella necesitaba algo más grande.

El objeto sexual se retiró de su coño, lo que la decepcionó nuevamente.

Cuando el objeto se presionó contra el anillo exterior de su ano, se dio cuenta de lo que estaba sucediendo.

El profesor solo insertó el objeto en su coño para lubricarlo.

El objeto sexual estaba destinado a su trasero.

Se preparó mientras el pequeño juguete sexual era empujado lentamente dentro de su ano.

Penetró en el anillo apretado y entró en su recto.

El profesor se tomó su tiempo e hizo las cosas lentamente, no queriendo lastimarla.

Y ella disfrutaba las sensaciones de sentirse estirada.

Pronto, se olvidó del dolor que sentía por la flagelación.

El ligero dolor del juguete sexual en su culo era mucho más potente y excitante.

Una vez que el pequeño juguete sexual estuvo dentro de su trasero, el profesor lo dejó allí como una estimulación.

Luego, el sonido de un paquete al abrirse resonó en la habitación silenciosa.

"¿Qué estás haciendo?" Cynthia preguntó con la cara aún hacia abajo.

"Me estoy poniendo un condón. Voy a follarte el coño porque eres una puta".

Esas palabras enviaron un cosquilleo por su columna vertebral, y una emoción en su coño.

A pesar de que tenía los tobillos atados, hizo todo lo posible para extender más las piernas.

Ella quería ser follada.

Ella quería ser utilizada como un pedazo de carne.

Sabía que el profesor no la decepcionaría.

La agarró fuertemente por las caderas y presionó su polla dura contra sus labios.

Empujó suavemente y entró.

Fue una entrada fácil ya que ella estaba separada y profundamente excitada.

El coño de Cynthia era un cúmulo de deseo caliente.

El profesor saboreó la sensación del coño de su alumna universitaria.

Luego empujó hasta el fondo, haciendo que Cynthia presionase su cara sobre la mesa y jadeara.

El profesor colocó ambas manos sobre los hombros de Cynthia, tirando de ella hacia arriba.

Lentamente movió sus caderas, follándola.

Cynthia gemía cada vez que él empujaba su polla dentro de su cuerpo.

Con sus manos atadas apretó con fuerza mientras tiraba de la cuerda.

Su delicado coño estaba recibiendo una dura follada y sus gemidos se hicieron más fuertes.

Él acarició su cabello con una mano, asegurándose de que estuviera detrás de su espalda.

Luego se agachó con la misma mano para acariciar una de sus pequeñas tetas, pellizcando el hinchado pezón rosado.

"¿Eres mi puta?" preguntó con una voz depravada.

"Si."

"Dilo."

"Soy tu puta", gimió. "Tu puta sucia".

Él continuó follándola aún más fuerte.

Él continuó apretando su hombro con una mano, y doblando su teta con su otra mano.

"No eres feminista conmigo, ¿verdad?"

"No."

"¿Que eres?" preguntó.

"Soy tu puta", gimió. "Necesito ser tratada así".

Él la jodió aún más fuerte.

Su sexo caliente hacía fuertes ruidos de chasquido desde su entrepierna golpeando su suave trasero cada vez que él daba un empujón.

Sus gemidos se convirtieron en ruidos de respiración erráticos cuando comenzó a perder el control de los sentidos de su cuerpo.

Ella se soltó.

Ella entregó su cuerpo completamente al profesor.

Toda ella era de él.

Él usó ambas manos para acariciar sus tetas y pellizcarle los pezones con fuerza, lo que la hizo jadear de dolor.

Los pellizcó más fuerte, haciéndola jadear un poco más.

"Yo ... necesito correrme ..." dijo ella débilmente.

"¡Dilo más fuerte!"

"¡Necesito correrme! ¡Por favor!'

Sabía exactamente qué hacer.

El profesor bajó las manos.

Una para sostener su cadera.

La otra se agachó para acariciar su clítoris.

Cynthia gimió en el momento en que él frotó su clítoris en un movimiento circular.

En ese momento, Cynthia estaba siendo estimulada por su coño siendo follado, el juguete sexual en su culo y el dedo jugando con su clítoris.

Ella gritó en voz alta, sin importarle si los vecinos podían escucharla.

Probablemente lo hicieron.

Quien estuviera escuchando probablemente estaría excitado.

A ella no le importaba.

Cynthia gritó y sus dedos se curvaron.

Sus brazos y piernas tiraron de la cuerda con todas sus fuerzas, pero fue en vano.

Su espalda baja intentó arquearse, pero la sujeción era demasiado fuerte.

Su rostro se retorció de placer.

Sus ojos se abrieron.

Ella se vino.

Poderosamente.

Los fluidos estaban en todas partes.

Su pequeño coño se había convertido en un grifo sexual.

El profesor se acercaba a su orgasmo.

Incluso cuando el cuerpo de Cynthia se había vuelto flácido y sin energía, él continuó follando su coño empapado hasta que estuvo satisfecho.

Disparó grandes cantidades de esperma dentro del condón que llevaba puesto.

Él gruñó, y luego sus empujes se detuvieron antes de recostarse sobre la espalda de Cynthia para descansar.

Ambos eran un completo desastre sudoroso cuando terminó el sexo.

Él continuamente siguió besando el cabello en la parte posterior de su cabeza de ella.

"Eres una diosa", gruñó, sin aliento. "Una verdadera diosa. Has hecho a un hombre completamente feliz".

Cynthia seguía exhausta, y respiraba con dificultad.

"¿Y tú mujer no lo hace?" Dijo ella en un suspiro.

"Y tu novio?" Dijo él igualmente en suspiro.

Ambos se rieron.

"Desátame", ella logró volver a hablar suavemente con un leve aliento.

El profesor sacó su polla flácida, cubierta con el condón, de su coño y comenzó a desatarla.

Cuando estuvo libre, Cynthia se tumbó en el suelo, encima de sus propios fluidos vaginales.

El profesor se sentó a su lado, acariciando su cabello suave.

"Voy a darte lo que quieras. Haré mi mayor esfuerzo. Eres magnífica".

Ella lo miró.

"Tú también. Nunca ... nunca antes me había corrido así".

"Tenemos unos pocos días más para estar juntos. Tengo la intención de aprovecharlos al máximo. Durante los próximos días, serás mi pequeña gatita sexual sucia. Luego podrás irte a casa con tu familia y tu novio y disfrutar de tu descanso".

Ella sonrió.

"Ya estoy disfrutando de mi descanso."

Con eso, Cynthia apoyó la cabeza en el regazo del profesor.

Ella le retiró el condón mojado.

Se llevó el pene flácido a la boca y chupó el resto de semen.

El profesor gimió.

DOCTORA MUY COMPRESIVA

61

"La doctora le atenderá en seguida, señor; solo siéntese allí, por favor".

Andrew asintió mientras subía a la mesa de examen y se sentaba.

Un pliegue del papel de seda llenaba la mesa camilla.

Se bajó la manga de la camisa mientras la enfermera cerraba la puerta detrás de ella, suspirando.

Le había costado mucho convencerse de ir al médico por esto, pero finalmente había tenido suficiente y estaba harto.

Sin mencionar que estaba frustrado con su propio cuerpo.

Pareció pasar una eternidad antes de que la puerta se abriera nuevamente, pero cuando la joven finalmente entró, rompiendo los pensamientos errantes de Andrew, éste determinó que valió la pena la espera.

"Hola, señor Harrison, lamento la espera. He tenido una gran cantidad de pacientes que he tenido que atender hoy".

La doctora fue a su escritorio y tomó un portafolios, que había dejado la enfermera en él, con las notas que ella había tomado después de las preguntas que me había hecho sobre el objeto de mi visita.

"Sin duda, todos ellos habrán encontrado alguna razón para venir a verla, doctora, ¡sé que ciertamente yo lo haría!"

Sus ojos, de un hermoso tono azul en los que sintió que podría ir a nadar en ellos, se levantaron de su portapapeles para encontrarse con los suyos.

Una sonrisa apareció tirando de los bordes de sus labios.

Labios muy, muy bien formados.

"¿Está tratando de decirme que vino hoy aquí para hacerme perder el tiempo, señor Harrison?"

Se rio entre dientes.

"Lejos de eso, tristemente, doctora Martínez. Me temo que tengo un problema muy real, aunque usted es la primera persona que vengo a ver al respecto".

Bajó la vista hacia su portapapeles.

Mientras estaba sentada en el pequeño escritorio leyendo, vi como cruzaba las piernas.

Era una mujer latina más bien bajita, pero sus piernas desnudas, bajo la falda de su bata médica, parecían durar kilómetros.

Andrew se encontró deseando que la falda lápiz no terminara justo por encima de sus rodillas.

"Aquí dice que usted se negó a hablar con la enfermera sobre la naturaleza exacta de su visita, señor Harrison, así que ... hable rápido conmigo, por favor, antes de poder continuar".

Los hombros de Andrew se hundieron un poco, ya que esperaban entablar una conversación con esta mujer un poco más privada antes de que ella interrumpiera sus pensamientos con el propósito de su visita.

Pero ... supuso que ella debía asegurarse de que no fuera solo un hipocondríaco que había leído demasiado sobre algún tema en Internet.

"Yo eh ... bueno, parece que tengo algunos ... problemas continuos y persistentes en el dormitorio".

Ella arqueó una de sus cejas oscuras y perfectas, y él no pudo negar que esto le dio un poco de emoción cuando sus ojos lo recorrieron con intriga.

"Parece ser un hombre relativamente joven en ... bueno, excelente condición física, señor Harrison. Antes de entrar en más detalles sobre sus problemas, dígame. ¿Por qué eligió venir aquí? Parece un nuevo síntoma. Sé que nunca he tenido a nadie que haya venido aquí antes con ese problema, entonces, ¿quién le recomendó a mí? "

Bueno, para ser honesto, doctora, normalmente no voy a los médicos. Realmente no me es necesario, y de hecho para este problema en particular, yo ... realmente no me siento muy cómodo yendo a un médico para hablar sobre este tipo de cosas."

Ella sonrió por completo, esta vez.

Dejó el portapapeles en la mesa mientras se giraba hacia él directamente, juntando sus manos alrededor de su rodilla.

"Dos cosas, señor Harrison. Primero, llámeme señorita Martínez o Rosa. En segundo lugar, creo que será mejor que establezcamos ahora una premisa: Debe ser completamente honesto y directo, ¿de acuerdo? Parece que esta es una situación delicada para usted, así que creo que es importante que tratemos esto con seriedad y sin prejuicio, ya que vamos a profundizar en algunos motivos bastante personales. ¿no es así? "

"Absolutamente, Rosa. Y llámeme Andrew, por favor".

Ella asintió.

"Muy bien, Andrew. Dime, ¿exactamente de qué tipo de problemas estás hablando? ¿Eyaculación precoz? ¿Dificultades para desarrollar una erección?"

Andrew sintió que sus mejillas se llenaban de calor, se arrastró un poco sobre la mesa camilla dejando un el sonido del papel susurrante y respondió:

"Bueno, nunca tuve problema alguno anteriormente, ni siquiera mi primera vez. Pero ... supongo que tengo dificultades para llegar y mantenerme duro. Lo importante es que no he podido llegar al orgasmo en más de un año". "

"Dios, todo un año; creo que moriría si me pasara eso a mí. ¿Tienes alguna idea de por qué esto puede haber comenzado a ocurrir? ¿Algunos cambios o cosas malas han sucedido en tu vida, alguna mala una experiencia con una amante? ¿Pérdida de interés en tu esposa? "

"Oh, no he tenido ningún problema con mi esposa o con ninguna amante".

Rosa sonrió, pero le hizo un gesto alentador para que continuara cuando se detuvo a pensar.

"Realmente no puedo pensar en nada. He vivido en la misma situación durante varios años. Me casé hace tiempo, y no he tenido ninguna nueva amante desde hace un par de años".

"¿Dirías que normalmente llevas una vida sexual activa? ¿O algo ha cambiado a partir del momento en que esto comenzó a suceder?"

Andrew se encogió de hombros.

"Ciertamente ha cambiado la situación desde que esto comenzó a suceder. Quiero decir que tengo algunas amigas con los que me gusta tener relaciones sexuales, ya que tenemos un entendimiento mutuo. Mi esposa hace tiempo que no me toca así que no se ha dado mucha cuenta. De vez en cuando conozco a alguna mujer en algún bar, de lo cual pudiera parecer que hubiera algo más que una amistad, pero al final nadie que acaba de ... hacer desaparecer el problema de que no se me ponga dura, supongo ".

"Y estas amigas tuyas, ¿las chicas con las que entras en relación saben ellas que tienes otras amigas? ¿Qué tienes esposa? ¿Están bien ellas con eso? ¿O eso lo mantienes en secreto?"

Andrew sacudió la cabeza.

Rosa se inclinó hacia adelante mientras hablaba, y él notó que su parte superior, aunque no era corta, parecía tener amplios espacios entre los botones.

El estetoscopio que se había colocado alrededor del cuello quedó atrapado en uno de ellos, y parecía ofrecer una pequeña vista de algo púrpura debajo mientras cambiaba de postura y tiraba de la tela.

"Si estoy en una relación consentida, no tengo porque mentirlas. No oculto nada si me preguntan. Me aseguro de que quede claro que las otras chicas son también mis amigas, y que soy casado si les interesa. Y también resulta que hay amigas que tengo que es gusta mucho el sexo. Sin embargo, si alguna quisiera moverse hacia la exclusividad, por supuesto que hablaría con ella para que no continuaría haciéndolo. O sino se cortaría la relación. Las reacciones son ... mixtas, pero muchas veces eso me dice mucho más sobre esa chica que cualquier otra cosa podría decirme."

"Hmm. ¿Y dirías que nunca podrías dejar de tener sexo con esas amigas?"

"Son mis amigas. Una vez estuve saliendo con una chica donde progresamos hasta ese punto, pero dejé de verla porque ella estaba pensando en que yo fuera exclusivo para ella sola".

"¿Cómo pasó eso?"

"Ella, aparentemente, se olvidó de ese pequeño detalle que habíamos acordado".

"Ya veo. Dime; ¿dirías que eres poliamoroso o tienes tendencias poliamorosas?"

Andrew frunció el ceño un poco, algo confundido sobre cómo esto se relacionaba con su problema, pero dispuesto a lidiar con eso.

"Diría que estoy abierto a eso, sin necesariamente necesitarlo. Siento que mientras una pareja sea abierta y honesta con lo que quieren y esperan del comportamiento del otro, entonces el sexo debe ser lo que quieran que sea entre ellos".

"¿Y exclusivo?"

"Seguro que pudiera ser. Entre ellos, pero abiertos a experiencias con otros, ya sea ambos juntos o por separado, siempre y cuando ambos sean honestos y estén de acuerdo. Ciertamente he estado en relaciones donde compartimos cada uno sus amigos, o sus amigas, y así sucesivamente. Como mencioné, lo contrario también, la exclusividad ".

"¿Pero solo una?"

"Otras querían pasar a la exclusividad también de inmediato, pero ... eso me parece una tontería".

Andrew se encogió de hombros, pero Rosa frunció el ceño.

"¿Por qué es eso?"

"Bueno, por ejemplo, contigo. Si empezáramos a vernos. No te conozco, pero ciertamente te encuentro atractiva. Si comenzamos a salir, supongo que también me encontrarías atractivo; entonces, ¿qué hay de malo en disfrutar el uno del otro sexualmente sin exclusividad, si somos responsables?

"Entonces, ¿cuál es la diferencia entre citas y amigas con beneficios?"

"Todo el propósito de las citas es encontrar a alguien con quien quieras compartir tu vida, ¿verdad? Idealmente por un largo período de tiempo, si no es para siempre cuando se trata del matrimonio. Amigas... pueden gustarte, o disfrutar del sexo entre ellos, pero han llegado a descubrir, juntos o por separado, que no trabajan bien como pareja. A largo plazo, o en la unión diaria. Pero eso no significa que no puedan tener un buen sexo y hacerse sentir bien el uno al otro ".

Rosa se rio entre dientes.

"Honestamente, esa es una perspectiva bastante saludable. Ojalá tuviera algunos amigos con beneficios en mi vida, como tienes tú, ya que necesito desestresarme mucho últimamente".

Rosa se incorporó, casi como si reanudara un comportamiento profesional.

"Ejem. De todos modos, está bien; así que ... ¿no ha habido ningún evento, sexual, profesional o personal, que pueda haber ... desanimado o agregado mucho estrés, o algo así?"

"No que se me ocurra".

"¿Y no puedes correrte ni siquiera al masturbarte? ¿O por tener relaciones sexuales con algunas de estas amigas tuyas con las que nunca antes has tenido problemas?"

"No, en absoluto. Y nunca he tenido problemas antes para quitarme, tampoco. Esto es realmente frustrante".

"Y dices que tienes problemas para conseguir y mantener una erección".

"Sí, quiero decir que me emocionaré, me pondré rígido, pero aún un poco uhmmm ... flojito, si quieres decirlo así. Eso hace que sea difícil la penetración, ¿sabes? Y para ser franco, ya que hemos dicho que lo vamos a ser, a un par de mis amigas REALMENTE les encanta que solo entre la cabeza, parte de la razón por la que nos hicimos tan buenos amigos, y REALMENTE somos buenos en eso. Pero, aun así. Puedo acercarme con ellas, probablemente más cerca que con cualquier otra cosa, que incluso con mis propias manos, pero no puedo llegar al clímax ".

"¿Tampoco pueden ponerte completamente duro?"

Andrew sacudió la cabeza.

Rosa frunció el ceño, sus labios fruncidos en sus pensamientos.

Ella tamborileó con sus dedos contra su rodilla, y Andrew tuvo problemas para no fantasear sobre cómo se sentiría tener esos labios alrededor de su polla.

Se había excitado tan pronto como ella había entrado, pero en realidad podía sentir que su polla se ponía algo rígida cada vez que volvía a mirar esa pequeña abertura conveniente en su blusa.

De repente, ella se puso de pie.

"Bueno, Andrew, creo que vamos a tener que hacer un examen físico para asegurarme de descartar ciertas cosas. ¿Te importaría desnudarte?"

Andrew inmediatamente extendió la mano para comenzar a desabotonarse la camisa.

"Bueno, normalmente, Rosa, insistiría en primero una buena cena, al menos, pero para ti ..."

Rosa se sonrojó un poco y se mordió el labio inferior, juntando las manos delante de ella.

"Uh ... normalmente, el paciente espera mientras el médico sale, para que pueda quitarse la ropa y ponerse una bata médica. Luego, el médico llama a la puerta y regresa a pedido del paciente".

Andrew se encogió de hombros y continuó desabrochándose la camisa para exponer su peludo pecho.

"¿Cuál es el punto? Vas a examinar mis genitales, y podrías verme sin camisa afuera en un caluroso día de verano fácilmente. Además, tienes prisa y no me importa. No soy tímido. Definitivamente nada que no hayas visto antes ".

Rosa se rió entre dientes, sus ojos cayeron para recorrer el torso de Andrew mientras él se quitaba la camisa.

"Bueno, definitivamente nada que no haya visto antes, pero ... si estás de acuerdo, supongo que no hay problema. Y sabes, obviamente no te detendrás de todos modos".

Andrew se rió, poniéndose de pie y agachándose para comenzar a desabrocharse los pantalones.

"Oye, ciertamente tampoco parece que te vayas".

Ella le sonrió mientras sacudía su cabeza, retrocediendo un poco cuando él se bajó del escalón de la mesa de examen para pararse en el piso.

Los pantalones de Andrew tocaron el piso y él se los quitó, mirándola con una sonrisa juguetona mientras enganchaba sus pulgares en la cintura de sus calzoncillos boxer.

"¿Deberías enfrentarte a la gran revelación, o preferirías darte la vuelta y ver después?"

Ella se rió, devolviendo su expresión juguetona, sus manos agarrando su estetoscopio.

"Solo enfréntame; no estoy segura de que pueda resistir golpearte el trasero si te das la vuelta".

"Bueno, en ese caso..."

Andrew rápidamente se dio la vuelta y se inclinó mientras bajaba sus calzoncillos boxer, moviendo su trasero ahora desnudo en dirección a Rosa y girando la cabeza para mirarla por encima del hombro.

Tenía una mano cubriendo su boca, riendo en voz baja.

"Eres MALO, Andrew Harrison. ¡Ese es un comportamiento muy inapropiado en una relación médico / paciente!"

"No diré nada si tú tampoco, Rosa Martínez".

Ella puso los ojos en blanco mientras dejaba caer su mano, pero Andrew notó que sus ojos viajaban por todo su cuerpo cuando se dio la vuelta para mirarla, apoyando sus manos en las caderas.

"Entonces ... ¿y ahora qué?"

Rosa bajó la vista deliberadamente, alzando una ceja con una sonrisa.

"Bueno, ¡ciertamente parece que no estás teniendo muchas dificultades ahora ...!"

Andrew siguió su mirada; el pollón estaba rígido, eso era evidente.

Rosa era una mujer muy atractiva, y él se estaba divirtiendo coqueteando con ella.

"Bueno, un cadáver se pondría rígido al estar desnudo en la misma habitación que tú, Rosa; ¡aunque no es lo mismo que una erección completa!"

Ella puso los ojos en blanco y sonrió un poco, pero realmente parecía intentar un poco de profesionalismo continuo.

Levantó la mano para quitarse el estetoscopio, pero al hacerlo, se le abrieron un par de botones en la blusa.

Los ojos de Andrew se agrandaron cuando se dio la vuelta para abrir un cajón.

"Vuelve a subirte a la mesa y conseguiré unos guantes ..."

Andrew hizo lo que le pidió, preguntándose si los botones desplegados conducirían a una mejor vista.

Admirando la parte trasera de Rosa cuando ella le daba la espalda, su mente se desplazaba a múltiples escenarios sórdidos.

"Bueno, esto es un inconveniente".

Se dio la vuelta para sostener un solo guante médico azul en una mano y una caja vacía en la otra.

"Tendré que ir a buscar una caja nueva. Quizás deberías ponerte un ..."

"¡Pshh; por favor! Tienes uno. No estás investigando heridas abiertas ni nada invasivo. No estoy exudando nada en ningún lado. Estoy de acuerdo si estás de acuerdo con eso".

Rosa sacudió la cabeza.

"Absolutamente no, viola ni siquiera sé cuántas reglas, y la mayor la ruptura de la esterilización, y ..."

"Doctora Rosa. Necesitas hacer un examen físico del área para asegurarte de que no haya anomalías, ¿verdad? No es como si estuvieras ingiriendo algo o tuvieras heridas abiertas en tu mano, ¿verdad? Tampoco vas a poner tus dedos en cualquier parte de mí".

Ella lo miró a los ojos.

"Es muy posible que necesite examinar su próstata, honestamente hablando".

"Bueno, tienes un guante".

"Podría haber caminado simplemente por el pasillo para tomar una caja nueva y haber regresado".

Andrew sonrió, levantando las manos, encogiéndose de hombros e inclinando la cabeza hacia un lado.

"Y sin embargo no lo hiciste ..."

La doctora Rosa puso los ojos en blanco con exasperación y rápidamente se puso el guante en su mano izquierda, sacudiendo la cabeza hacia él.

Sin embargo, pudo ver el leve tirón de una sonrisa en sus labios y arrugar los bordes de sus ojos.

"¡Eres imposible! ¡Abra las piernas, señor!"

Intentando no mostrar su propia anticipación, Andrew inmediatamente abrió las piernas para darle a Rosa el mayor acceso posible.

Luchó por no suspirar de placer al sentir la carne cálida, suave y desnuda de la mano derecha de Rosa enroscarse alrededor de su miembro, seguido por el guante seco y frío de su mano izquierda ahuecando sus bolas.

Sus dedos comenzaron a sondear cuidadosamente su longitud mientras manipulaba su saco de pelotas, frunciendo el ceño por la concentración y luciendo increíblemente sexy mientras se inclinaba ligeramente.

Los ojos de él se abrieron de par en par cuando su camisa cayó un poco para revelar una deliciosa y cremosa extensión de senos suaves, ahuecada y sostenida por un sujetador con volantes de color púrpura.

Sintió que se le aceleraba el pulso, sintió que su miembro se levantaba con excitación y emoción tanto por el contacto como por la vista.

"No estoy sintiendo ningún tipo de golpes o roturas anómalas, así que eso es bueno. De hecho, en realidad puedo ... ¡oh! Bueno, entonces ... alguien ciertamente está respondiendo terriblemente de repente ..."

Ella levantó la cara para mirarlo, y Andrew sintió que otra ola creciente de deseo y tensión sexual aumentaba.

¿Cómo se sentiría hundir su polla en esa boca parcialmente abierta y sentir el talento de su lengua en su ansiosa polla?

Él apartó los ojos nerviosamente, temiendo que ella viera la lujuria desnuda y cruda en ellos.

"Yo eh ... bueno, Rosa, uhmmm ... para ser sincero ..."

¿Fue un ... problema cerebral, no solo debido a la técnica de examen puramente clínica lo que comenzó a darle esta sensación?

Andrew no podía estar seguro.

Sin embargo, sintió la urgencia casi abrumadora de comenzar a empujar contra su agarre.

"Andrew, recuerda; dijimos que íbamos a ser sinceros y honestos el uno con el otro. Sin prejuicios".

Andrew se volvió a regañadientes para mirarla.

Su rostro estaba tranquilo, pero ... parecía haber algo de brillo en sus ojos.

De alguna manera ... específica, ella estaba frunciendo los labios.

¿Anticipación?

La vista de sus manos sobre él, la cercanía de su rostro a su entrepierna.

Si ella volvía la cabeza, él probablemente pudiera sentir el roce de su respiración contra su piel.

La vista de sus senos de aspecto bastante sorprendente también era algo espectacular.

La forma en que la vislumbró inconscientemente de esa manera (involuntaria, inocente, pero claramente íntima y privada) fue intoxicante.

Sintió que su polla se contraía en sus manos, su excitación parecía estar fuera de control.

"Entonces, honestamente, Rosa, ha pasado mucho, mucho tiempo desde que tuve una mujer claramente inteligente, divertida, encantadora y simplemente deslumbrante que me cautivara y me excitara fácilmente. Tienes tu mano sobre mi polla, y yo tengo una vista increíble de tu camisa que me hace darme cuenta de cuánto tiempo ha pasado desde que vi un gran par de senos tan hermosos, y, francamente, no recuerdo la última vez que estuve tan cachondo y muriendo por tener sexo salvaje.

Los ojos de Rosa se ensancharon, su mano enguantada cayó hacia ella para tocar el hueco de su camisa mientras miraba hacia abajo.

Sus mejillas inmediatamente enrojecieron con un escarlata profundo y brillante.

Ella lo miró, mordiéndose el labio inferior, pero él notó que no quitaba su mano desnuda de su miembro mientras bajaba la mano enguantada, simplemente dirigiendo sus ojos a su polla dura y luego de vuelta a su cara.

Sus miradas se encontraron.

Andrew se quedó sin aliento.

"Yo ... ni siquiera puedo ... tengo ... estás duro como una roca. ¡No tienes ningún problema en absoluto!"

"Por primera vez en más de un año. Gracias a ti. Lo prometo, no lo estoy inventando".

El repentino calor de los labios de Rosa mientras éstos envolvían ansiosamente la cabeza hinchada de la polla de Andrew los hizo gemir a ambos.

Las manos de Andrew se apoderaron de los bordes de la mesa de examen mientras veía la boca de Rosa descender sobre su polla.

Sintió su suave lengua lamiendo, frotando y estimulando la parte inferior de su erección mientras lo inhalaba en su boca.

Ella ronroneó alrededor de su palpitante polla, succionándolo mientras sus dedos tomaban un tipo completamente diferente de toque y caricia en sus bolas.

Sus ojos ardiendo con una intensa necesidad que parecía reflejar la suya, observando la reacción de él cuando ella comenzó a complacerlo.

Mientras su cabeza comenzaba a deslizarse hacia arriba y hacia abajo sobre él.

Él estaba fascinado por sus acciones, los movimientos rítmicos sobre su dolorida polla, y la sexualidad cruda que sentía en su mirada mientras ella daba testimonio del placer que le estaba dando.

El deleite que obviamente sentía al ser la fuente de eso era indescriptible.

Sus ojos se desviaron hacia los breves y sacudidos destellos de su escote envuelto en sujetador.

Ella se apartó bruscamente de él, jadeando suavemente, mirando los botones desabrochados antes de sonreír.

"¿Quieres ver más...?"

Él asintió con la cabeza, tratando de no fijarse en la cadena de saliva que se extendía lentamente desde sus húmedos labios hasta la brillante cabeza de su polla.

Estaba desabotonando su blusa para él, dejándola caer al suelo detrás de ella e inmediatamente estirando la mano para desabrochar los broches de su sostén.

Ella observó su reacción mientras lentamente se la quitaba de su cuerpo, sonriéndole juguetonamente mientras sus hermosos y pálidos senos se libraban de su confinamiento.

Andrew gimió en silencio ante la vista.

Sin dudarlo extendió una mano para tomar su pecho izquierdo desnudo.

Acarició la cálida y deliciosamente suave anatomía de la doctora Rosa Martínez.

"¡Oh, Dios ... Rosa ...!"

Sus ojos se estrecharon, un escalofrío visiblemente la hizo temblar contra él.

Ella levantó su mano, colocándole un dedo sobre sus labios.

"Ha pasado mucho tiempo desde que un hombre me tocó así ... ¡He estado tan ocupada que nunca salgo mucho ...! Nosotros ... no podemos hacer demasiado ruido ..."

Él besó su dedo, deslizando su lengua sobre la punta de éste y chupándolo juguetonamente, lentamente, mientras la miraba.

Él apretó su pecho en su mano, haciéndola gemir en voz baja mientras le murmuraba:

"Esto no debería ser ... todo sobre mí. Te deseo, Rosa. Todo lo tuyo. No solo tu boca, ni siquiera tu sorprendente pecho. Ambos podemos disfrutar el uno del otro, hacernos sentir bien el uno al otro".

Su rostro estaba enrojecido por la excitación (su pecho tenía un tono rosado, incluso) y él podía sentir su pezón duro y sobresaliendo contra su palma.

Sintió su mano deslizarse por su pecho y volver a bajar para agarrar su polla.

Dándole un apretón, un golpe muy deliberado, esta vez.

"¿Estás limpio ...? ¿No ...?"

"¿Sí, tú?"

Ella le respondió dando un paso atrás y extendiéndose para agarrar la cremallera de su falda.

Ella se lamió los labios mientras miraba su erección balanceándose en el aire.

Su falda se deslizó por sus piernas sin esfuerzo, seguida de cerca por un par de bragas sedosas de color púrpura, cortadas halagadoramente.

El aroma de su emoción era fuerte, y Andrew pudo ver la reluciente humedad que centelleó en los muslos internos de Rosa, que literalmente se adornó a lo largo de sus suaves labios.

"No estoy segura de que podamos durar mucho ..."

Él se rió en voz baja, lamiéndose los labios mientras se sentaba de nuevo en la mesa de examen con un pliegue de papel de seda.

Rosa estaba subiendo al escalón, deslizando una pierna sobre su cuerpo mientras se acomodaba sobre él, respirando con entusiasmo.

Ella agarró su polla (¿le temblaba la mano?) y lo miró.

Él deslizó sus manos a lo largo de la suavidad de su cuerpo desnudo con reverencia hasta que se asentó en sus caderas.

La atrajo hacia sí, apoyando su punta palpitante contra su entrada húmeda, pero sin ir más lejos.

"No serás la única, Rosa. Ciertamente espero que estés de acuerdo con eso. Sin prejuicios, ¿recuerdas?"

Lucharon por gemir en silencio mientras ella se deslizaba sobre él.

El calor húmedo de su cuerpo lo envolvía cómodamente y abrazaba su dolorida erección en lo más profundo de sus profundidades.

Echó la cabeza hacia atrás, con la boca abierta en silencio, mientras lo tomaba por completo.

Comenzó a apretar las caderas contra su cuerpo.

Su pecho se agitó, invitando a sus manos a alcanzar y agarrarlos a ambos, apretando suavemente mientras él temblaba debajo de ella.

Su voz temblorosa logró mantenerse mayormente baja mientras reaccionaba.

"¡Ohhhhh! ¡Diossss ...!"

Ella plantó sus manos contra su pecho mientras bajaba la cabeza para mirarlo ávidamente.

Sus caderas comenzaron a balancearse mientras comenzaba a montarlo.

Las manos de Andrew se deslizaron a lo largo de su piel, acariciando los costados de su cuerpo, apretando sus caderas antes de estirarse para agarrar su culo firme y tonificado.

Sus dedos se curvaron contra ella, cavando en su carne mientras la atraía con más fuerza contra él, mientras usaba sus piernas para enfrentar sus movimientos con sus propios empujes.

Él jadeaba debajo de ella.

"Siente ... así que ... bien, Rosa ... maldición ... ¡bien!"

Ella sonrió tímidamente, pero solo aumentó su ritmo, jodiéndolo desesperadamente, con los ojos entrecerrados mientras gruñía con profunda satisfacción.

El papel se arrugó debajo de Andrew que ya estaba fuera de control en reacción a sus movimientos.

Trató de no mover tanto la parte superior de su cuerpo, pero hasta cierto punto, no le importó.

Su polla palpitaba ansiosamente dentro de los estrechos límites de Rosa, una dureza total que no había podido disfrutar en demasiado tiempo.

Podía sentir cada ondulación de su coño resbaladizo mientras ella lo montaba.

Cada apretón y estremecimiento de sus músculos internos mientras estallaban como dos animales.

Su coño se contraía cada vez con más frecuencia.

El ritmo enérgico de Rosa se volvía cada vez más frenético, hasta que escuchó que se le cortaba el aliento.

Vio que su columna vertebral se tensaba mientras se arqueaba hacia atrás y sintió su clímax en su polla.

Sin embargo, ella no se detuvo en absoluto.

Rosa siguió adelante, mordiéndose el labio inferior mientras gemía su deleite con la boca cerrada.

Andrew podía sentir sus bolas apretarse, sabía que no iba a durar mucho más.

La idea de que se volvería blando de nuevo, y que perdería la capacidad de seguir follando con esta hermosa y sexy diosa, era horrible, pero no pudo evitarlo.

Se sentía demasiado bien.

ESTO se sentía demasiado bien.

Jadeando, movió una de sus manos, buscó entre sus cuerpos sudorosos y chocando, y encontró su clítoris para frotarlo mientras lo follaba.

Los ojos de Rosa se abrieron de par en par, su mirada encontró la de él nuevamente mientras su boca se abría en un grito silencioso.

Su coño se apretó alrededor de él, incluso más fuerte que antes.

Completamente incapaz de evitarlo, Andrew sintió su orgasmo, el primero en más de un año, que lo llegaba por completo.

Chorros duros y gruesos de esperma explotaron dentro del coño de Rosa, haciendo que Andrew gimiera incontrolablemente.

Hasta que Rosa, en medio de su propio pico, golpeó con una de sus manos sobre su boca para tratar de silenciarlo.

Su boca sonriendo salvajemente mientras temblaron uno contra el otro, unidos en su éxtasis.

Con completa indulgencia por el placer de los cuerpos del otro.

Su cuerpo se retorció debajo de ella, y ella hizo todo lo posible para aplastarse contra él.

Mientras él continuaba bombeando más y más esperma en su coño que aceptaba con avidez.

La frustración sexual acumulada de un año finalmente se disparó en el cuerpo de Rosa.

Cada brote parecía relajar toda la tensión de los músculos de Andrew en un nivel completamente nuevo que lo dejó flotando en un mar de felicidad como si hubiera sido drogado.

Ahogando una carcajada mientras se desplomaba sobre él, mientras sus manos acariciaban su cuerpo con avidez, Rosa movió su cabeza sobre su pecho peludo, jadeando mientras lo miraba.

"¡No puedo creer que acabamos de hacer eso ...! Dios, eso fue mucho semen ..."

Los brazos de Andrew se envolvieron instintivamente alrededor del cuerpo de Rosa, abrazándola mientras sus manos acariciaban la suavidad de su piel con reverencia.

Su pecho subía y bajaba rápidamente mientras intentaba recuperarse.

Una sonrisa rompía su rostro mientras la miraba.

"Un año, o al menos casi. Y siento que aún tengo más".

Ella ronroneó encantada, haciendo que su pecho vibrara.

Andrew juró que podía sentir su espasmo alrededor de su suave, en su asombrosamente rígida polla, aún alojada dentro de ella.

"Nada me gustaría más que ordeñarte hasta la última gota, con mi cuerpo o mi boca, pero cuanto más tiempo esté aquí, más probable es que una de las enfermeras entre ... y NO PUEDO ¡Que se presente una demanda por negligencia o acoso contra mí! "

Andrew levantó una mano para tomar la mejilla de Rosa, sus labios encontraron los de ella y la besaron lenta y sensualmente.

Él cerró los ojos, saboreando la sensación de sus labios, de su cuerpo.

¡Como se deleitaba uno en su estupor post-orgásmico con una mujer tan increíble!

"Gracias, Rosa. Eso fue ... increíble. No puedo describir lo bien que se sintió poder sentirse así de nuevo".

Las mejillas de Rosa se sonrojaron mientras se mordía el labio inferior.

"¿Realmente quieres decir eso ...?

¿En realidad no te has puesto duro o llegado al clímax en el último año?"

Andrew se rió un poco, todavía frotando su pulgar contra su mejilla.

Su otra mano se movió para ahuecar su trasero desnudo.

Se sentía bien volver a estar así con una mujer.

"¿Qué, pensaste que estaba mintiendo sobre todo eso?

¿Solo para meterme en tus calzones?"

Ella se encogió de hombros, sonriendo un poco tímidamente.

"No sería la primera vez que me pasa algo similar. A la mayoría de las chicas les pasa eso".

"Te lo juro, no he tenido un orgasmo en más de un año hasta ahora, y no me he endurecido tanto por lo menos hasta ahora. Esta fue la primera vez que pude penetrar a una mujer, y mucho menos correrme en ella o hacerla correrse sobre mi polla, durante más de un año. Me siento eufórico y deliciosamente generoso en este momento ".

Rosa se rió, inclinándose para robar un beso rápido de sus labios, pero también se sentó.

Ella movió sus caderas contra él por un momento, sonriendo ampliamente mientras lo hacía con los ojos entrecerrados.

Pero lentamente se liberó de su polla.

Un diluvio de semen escapó de su coñito y se deslizó por su cuerpo, acumulándose a lo largo de su pelvis.

"Bueno, entonces, me siento increíblemente halagada, así como inmensamente aliviada. Para ser sincera, ha pasado mucho tiempo desde que se acostaron conmigo, aunque mi vibrador y yo somos amigos frecuentes. Y yo ... nunca había hecho algo así antes ... "

Parecía nerviosa, pero Andrew no pudo evitar sonreír.

Si bien ciertamente había tenido una buena cantidad de conexiones y sexo casual, esto ... era algo completamente diferente, y no estaba realmente seguro de qué decir él mismo.

Vio el charco de semen cuando bajó al suelo, y casi se dio la vuelta para ir a tomar algo para limpiarlo, pero él la observó detenerse, mirarlo.

Luego simplemente inclinarse y llevarlo de vuelta a su boca.

Su lengua lamiendo su semilla derramada mientras ella chupaba ligeramente sobre él.

Andrew jadeó, apretando las manos en los bordes de la mesa mientras su espalda se ponía rígida, pero no podía apartar su mirada de lo que estaba haciendo.

Su polla palpitaba de placer, incluso después de que ella se alejaba lentamente de él.

Antes besó la punta de su miembro, y luego lamió algunos mechones errantes de semen de su carne.

Ella le sonrió tímidamente mientras se enderezaba de nuevo, mirando su polla.

Claramente estaba completamente duro de nuevo.

"Parece que ahora no tiene problemas para ponerse duro, señor Harrison".

Andrew se estremeció felizmente, tratando de sentarse hacia adelante, para recuperar su ropa mientras veía a Rosa inclinarse para recoger la suya.

"Creo que me curó, señorita Martínez".

Ella sonrió, pero mientras le entregaba algo de su ropa, agachó una mano para tocar su polla juguetonamente.

"No estoy de acuerdo, señor; creo que tendrá que programar una cita de seguimiento más adelante esta semana. Necesitamos monitorear de cerca su condición y asegurarnos de que no haya recaídas".

Su sonrisa juguetona vaciló un poco.

"Esto es serio, pero, sin embargo, yo ... creo que probablemente podamos descartar dolencias físicas, pero ... pero queremos asegurarnos. Verdad, ¿no? ..."

Andrew levantó una mano, sonriendo suavemente.

"Entiendo, doctora Rosa. Y me encantaría volver a la consulta. Oficialmente, e ... incluso no oficialmente, si estás de acuerdo con eso. Yo ... honestamente esperaba que hicieras un examen rápido y me remitieras a psicólogo. Supuse que era un problema mental o emocional ".

Se sonrojó, pero asintió con la cabeza mientras se ponía las bragas.

Un círculo oscuro se filtraba lentamente en la tela, y verlo hizo que Andrew se excitara aún más.

Fue a ponerse el sujetador nuevamente, pero Andrew le hizo un gesto para que se acercara, mirándola con curiosidad.

Ella cedió, volviendo a acercarse a él.

Él inmediatamente levantó la mano para acariciar sus pechos desnudos con un suspiro suave.

"Gracias. Lo siento, solo estás ... creo que eres increíblemente sexy, y las cosas fueron tan apuradas, yo ... no quería perderme la oportunidad de tocarlas mientras la tenía ".

Ella sonrió suavemente, inclinándose para besar su mejilla antes de dar un paso atrás para volver a ponerse la ropa y tratar de reanudar su discusión oficial en voz alta.

"Probablemente sea eso, pero dado que no informó exactamente lo que es a las enfermeras para el papeleo, probablemente deba ... agenciarle con otra visita aquí para poder estar seguros de los síntomas".

Él asintió, poniéndose de pie y comenzando a ponerse su propia ropa.

Rosa lo miró poco mientras terminaba de recolocarse la ropa.

Se alisaba la falda tubo, perdida en sus pensamientos.

Finalmente rompió el silencio.

"Si lo desea, yo ... felizmente aceptaría su número de teléfono. Para ser honesta, no estoy segura de cómo me siento al respecto, fuera del ... calor del momento, pero ..."

"Entiendo completamente, Rosa. Sé que ... realmente no nos conocemos muy bien, pero ... espero que sepas que no me tomo esto a la ligera, se puede confiar en mí, y yo ... aprecio mucho ... todo lo que sucedió. Nunca usaría nada de esto para herirte, o intencionalmente lastimarte de ninguna manera. Si nunca deseas que esto vuelva a ocurrir, aceptaría, respetaría y entendería esa elección, pero sinceramente espero que no te arrepientas, y espero poder seguir siendo tu paciente, por lo menos. Vine aquí por una razón, tu historial y la retroalimentación de tus capacidades como médico. No puedo decirte lo feliz que me ha hecho esto, o ... cómo me ha hecho sentir como un hombre otra vez ".

Los hombros de Rosa parecieron hundirse un poco.

Una tensión que dejó su postura mientras sonreía cálidamente.

"Gracias, Andrew; realmente aprecio eso. Yo ... realmente, realmente disfruté lo que sucedió también".

"¿Puedo dejarte mi número entonces?"

Ella asintió, girándose para agarrar un bloc de papel y un bolígrafo.

Luego se lo ofreció.

Él lo tomó y apuntó rápidamente su número, y luego se lo devolvió.

Ella arrancó la hoja superior y la metió en un pequeño bolsillo es su blusa.

Sus ojos se encontraron, se demoraron un momento, luego Andrew sonrió y abrió los brazos.

"¿Te importaría un abrazo ...?"

Ella se rió, sacudiendo la cabeza mientras se abrazaban.

Cuando dieron un paso atrás, y Rosa se volvió para recoger sus cosas, sus ojos recorrieron la consulta.

Aparte de que el papel de seda en la mesa de examen estaba horriblemente arrugado, nadie podía decir lo que acababa de pasar aquí.

Andrew, entendiendo lo que estaba haciendo, olisqueó un poco el aire y luego se acercó a una de las ventanas para abrirla.

Rosa sonrió tímidamente, asintiendo.

"En ese caso, Andrew ... eh, señor Harrison, llegaremos al fondo de este problema que parece tener, pero necesitaremos que haga otra cita para un seguimiento más adelante esta semana, y cuanto antes mejor".

Se mordió el labio, le guiñó un ojo, y dijo, bajando la voz:

"No me hagas esperar".

EN LA OFICINA

84

"¿Necesita algo más, señorita Sanders?"

Levanté la vista de las filas y columnas borrosas de la hoja de cálculo impresa y parpadeé a Vicky, mi secretaria, de pie en la puerta de mi oficina, con su bolso colgado sobre su hombro derecho.

En algún lugar detrás de ella, podía escuchar a las otras chicas de la oficina parloteando mientras cerraban sus puestos de trabajo para comenzar el fin de semana.

Cuando sus palabras finalmente se registraron en mi mente, le di un rápido movimiento de cabeza y agité los dedos.

"Adelante vete. Debería haber terminado aquí en unos cinco minutos. Que tengas un buen fin de semana".

Ella me entrecerró los ojos por un momento, pero solo hizo eco de mis últimas palabras con una sonrisa antes de darse la vuelta y unirse a sus compañeras de trabajo.

Sí, ella me conocía muy bien.

Cinco minutos eran usualmente de quince a veinte en un día normal. Pero era el viernes antes de un fin de semana de puente de tres días, y con la realización de un resumen del informe trimestral que debía entregarse el martes por la mañana.

¿A quién estaba engañando?

Estaría aquí por un par de horas al menos.

Y eso era solo si podía concentrarme en sacar los números adecuados.

Después de la primera hora con solo un poco de avance, hice un rápido viaje a la máquina expendedora en la sala de descanso por un refresco lleno de cafeína.

De vuelta en mi escritorio con la carbonatación haciéndome cosquillas en la parte posterior de mi garganta debido a un trago profundo, me quedé de pie e inclinada sobre mi escritorio.

Tal vez una perspectiva diferente ayudaría.

En eso escuché un gruñido bajo.

Lejos de sobresaltarme, ya que conocía al dueño de ese sonido, apenas levanté la vista para ver al señor Robert González apoyado contra la jamba de la puerta, con las manos en los bolsillos de sus pantalones ajustados.

Era el epítome de alto y guapo, aunque no era totalmente negro ... al menos no en la parte que se veía.

Su cabello plateado estaba recortado más corto en los lados y la parte de atrás, lo que lo hacía parecer más viejo que los cuarenta y tantos años que debía tener.

Y su piel ligeramente bronceada indicaba que no le importaba estar al aire libre, aunque sabía que todavía no había llegado a construir vínculos con el resto de los ejecutivos masculinos.

"¿Apurando las últimas gotas de energía a medianoche, Erika?"

Arqueé una ceja bien cuidada y finalmente le contesté:

"Son las seis en punto. Apenas es mediatarde".

Se encogió ligeramente de hombros.

"Es medianoche en alguna parte".

"En Londres."

"¿Hmm?"

"Si son las seis en punto aquí, es medianoche en Londres".

Robert se rio entre dientes.

"Tú y tus números".

Puse los ojos en blanco y me incliné hacia adelante para encontrar la parte superior de una columna de la hoja de cálculo y deslicé mi dedo hacia abajo.

Un gruñido más profundo llegó a mis oídos.

Levanté la vista a tiempo para verlo ajustándose el nudo de la corbata en su garganta.

Un segundo después, me di cuenta de que podía ver la parte superior de mi blusa.

Me puse de pie bruscamente, me senté en mi silla y me acerqué hacia el escritorio, sintiendo mis mejillas sonrojarse.

Apenas logré evitar una sonrisa cuando él suspiró.

"¿Qué puedo hacer por ti, Robert?"

En el momento en que las palabras salieron de mi boca, cerré los ojos y apreté los labios.

Maldito resbalón freudiano.

"No cobro una tarifa, Erika, pero si estás dispuesta a pagar ..."

"Fue un error", murmuré, fingiendo volver a centrarme en las páginas impresas que se extendían ante mí otra vez.

En mi cabeza, le rogué a medias que se fuera.

La compañía no era del todo desagradable.

Pero quería hacer este informe para poder ir a casa y sumergirme en mi bañera de hidromasaje con una copa de vino y no pensar en nada hasta que sonara la alarma el martes por la mañana.

"Se resisten los números, ¿eh?" dijo con una suave risa.

Hubo un ligero sonido de zapatos revoloteando sobre la alfombra.

Un momento después, estaba parado frente a mi escritorio.

Cuando volví a levantar la vista, tenía una ceja levantada, y su sonrisa se ensanchó mientras se quitaba la chaqueta del traje, colocándola en el respaldo de una de las sillas de visita.

Tragué saliva cuando deslizó su mano grande por la parte delantera de su chaleco gris abotonado, tirando de los puños de su camisa de vestir blanca antes de sentarse en la silla opuesta.

Cruzó la rodilla derecha sobre la izquierda y juntó las manos en el regazo.

Traté de ignorarlo mientras trabajaba, bebiendo de mi lata de refresco de vez en cuando.

Y la gloria sea dicha, los números comenzaron a tener sentido.

No pasó mucho tiempo hasta que finalmente pude comenzar a escribir mi informe.

Él no habló, pero pude escuchar su respiración uniforme.

Siento sus ojos en mí.

Sin embargo, estaba acostumbrada a eso de los clientes, por lo que la atención de Robert no me desconcertó.

Ni siquiera cuando pude ver en mi visión periférica que se estaba desabrochando lentamente el chaleco y aflojando el nudo de su corbata.

Me mordí el interior del labio cuando él ajustó su posición y se relajó en el asiento, tratando de no pensar en él intentando ocultar su excitación.

Con los ojos fijos en la pantalla de la computadora, señalé en mi informe de dónde venían nuestras pérdidas y luego describí una propuesta para recuperar esos fondos en los próximos dos trimestres.

Unos minutos más tarde, su voz me sorprendió, recordándome su presencia.

"Parece que estás trabajando muy duro ahí, Erika. Incluso cuando me estás mirando por el rabillo del ojo. ¿Crees que no me doy cuenta de esas cosas?"

El nudo en mi garganta pareció aparecer de la nada.

De hecho, dolía tragar, y esta vez el refresco no ayudó.

Una rápida mirada hacia él había sido una mala idea.

Apreté los ojos por un momento y luego parpadeé rápidamente para volver a enfocarme.

La cabeza de Robert estaba ladeada, la esquina de su boca temblando.

"¿Qué pasa? ¿El gato te comió la lengua?"

Cuando seguí ignorándolo, hizo un sonido "tsi, tsi, tsi".

No pude evitar una suave maldición cuando se puso de pie y caminó alrededor de mi escritorio, deteniéndose directamente detrás de mí.

"Estás trabajando demasiado. Es el fin de semana. Deberías estar en casa o fuera divirtiéndote, sin pasar el tiempo en la oficina".

Al sentirlo tocando la parte inferior de mi cabello, me estremecí.

Mis dedos temblaron sobre el teclado por un momento.

Incluso mi respiración fue inestable cuando exhalé.

Maldito sea este hombre.

Había estado en mi mente durante dos meses ... desde que los jefes nos presentaron en una reunión corporativa.

Estábamos en el mismo nivel de autoridad, pero de diferentes departamentos.

Los entresijos de nuestras áreas ni siquiera se cruzaban.

Sin embargo, había encontrado una razón para pasar por mi oficina al menos una o dos veces por semana.

Pero nunca después de horas.

Y nunca había sido así ... de lanzado.

Siempre había sido profesional, pero había bailado al filo de la cuerda.

Secretamente, deseé que se lanzara un poco.

No para darme razones para denunciarlo, sino para saber con certeza si realmente estaba interesado en mí ... o si simplemente le gustaba hacer alarde de su virilidad.

Era la única ejecutiva en la empresa.

La mayoría de los hombres parecían estar de acuerdo con ese estado.

Un par de ellos me habían hecho saber alrededor del refrigerador de agua que pensaban que las mujeres pertenecían al otro lado del escritorio, pero nadie había tenido el descaro de decirme eso a la cara.

Recé para que ese momento nunca viniera de Robert.

¿Y ahora?

Tenía la sensación de que finalmente iba a ver el lado verdadero del hombre que había perseguido mis sueños en más de una ocasión.

Sin embargo, ¿me arrepentiría de eso?

Estábamos solos

El resto de la planta estaba oscura más allá de las ventanas de mi oficina.

Y no había razón para que alguien más estuviera en el edificio a esta hora.

Los conserjes no llegaban hasta el sábado por la mañana.

¿Y si las intenciones de Robert no fueran honorables?

Y si...

"Parece que es posible que necesites aliviar un poco el estrés, ¿no te parece?"

Su voz estaba justo al lado de mi oído, sus labios rozándolos ligeramente, haciéndome jadear.

Me apartó el pelo mientras hablaba.

Y luego me mordió el lóbulo de la oreja.

"Contéstame, Erika".

Fuego y hielo.

Esa es la única forma en que podría describir lo que se movía a través de mi cuerpo ante sus palabras ... sus acciones.

No podía moverme.

Apenas respirar.

Y definitivamente no tenía una voz adecuada para responderle.

Robert de repente apoyó sus manos a cada lado de mí en el escritorio, invadiendo más mi espacio.

Al menos tenía el delgado respaldo de la silla entre nosotros.

Por ahora.

Me temblaban las piernas.

Gracias a Dios, ya estaba sentada.

Esto es lo que estaba esperando, ¿no?

Luché por no mirarlo por miedo a perder la última pizca de control sobre mis emociones que tenía si lo hacía.

Pero no pude evitar el pequeño gemido que escapó de mis labios cuando se inclinó a un lado de mi cara.

Sus labios tocaron mi oreja nuevamente.

"Sé lo que quieres ..." susurró, lamiendo mi lóbulo. "Que necesitas."

Sin previo aviso, extendió la mano y tomó mi muñeca izquierda, suavemente, pero con firmeza, quitándola del escritorio y llevándola detrás de mi silla.

Ahuecando el dorso de mi mano en su palma, la colocó firmemente en el bulto de su entrepierna.

Gimoteé más fuerte, apretando los ojos.

Mis dos manos también se cerraron instintivamente, mi izquierda se envolvió aún más alrededor de su erección cubierta.

Mi coño se apretó ante la sensación.

Soltó un suave gemido y volvió a poner mi mano sobre el escritorio.

El calor de su presencia pareció retroceder, pero no detuvo el temblor que había subido a mis hombros.

Su cálido aliento todavía acariciaba la parte posterior de mi cuello mientras exhalaba pesadamente.

Un momento después, me volteo lentamente en mi silla para encararlo ... dejando que mis ojos estuvieran directamente alineados con su entrepierna.

Con un jadeo, me recosté en la silla, lanzando mi mirada hacia arriba solo el tiempo suficiente para verlo lamiéndose los labios.

Luego seguí sus manos que se asentaron en su cintura, desabrochándose el cinturón de cuero.

Desabrochó el botón tan lentamente, que no estaba segura de si realmente lo había hecho hasta que bajó la cremallera.

Escuché un gemido de él cuando comencé a respirar más irregularmente y lamí mis labios.

"¿Y esa pequeña lengua húmeda? Dios, eres tan jodidamente sexy, Erika", gruñó, metiendo la mano en sus calzoncillos.

Pero se detuvo y retiró la mano un segundo después.

Con los pantalones colgando seductoramente de sus caderas, agarró mis bíceps y me puso fácilmente de pie.

No había tiempo para pensar.

Para expresar mi disidencia.

Un segundo estaba conteniendo el aliento, al siguiente, sus cálidos labios presionaron los míos con un fervor que nunca antes había experimentado.

Calor.

Pasión.

Desesperación.

Hambre.

Todo eso se arremolinaba en mi cabeza.

¿Estaba sintiendo todo eso también?

Su lengua entró en mi boca, reclamándola.

Sus dedos se apretaron en mis brazos, acercándome a él.

Mi cabeza se echó hacia atrás cuando me presionó hacia adelante mientras el resto de mi cuerpo se apoyaba contra él.

Sintiendo ese bulto en otros lugares ahora.

Prensándome.

Frotándome.

Encendiéndome.

Estaba derritiéndome en su beso cuando, en mi gemido, me encontré sentada de nuevo.

Jadeando.

Preguntándome qué demonios acababa de pasar.

La respiración de Robert era errática.

Y se recostó contra el escritorio, agarrando el borde con ambas manos.

Mirándome fijamente, sus ojos muy abiertos.

Cuando bajé la mirada a su pecho ligeramente agitado, me levantó la barbilla.

Me la sostuvo.

Luego pasó su pulgar sobre mi labio inferior antes de presionar dentro de mi boca por un segundo.

Aproveché la oportunidad y lamí su dedo, lo que lo hizo gruñir.

Empujó más adentro.

Pronto, estaba chupando la punta de su pulgar hasta el primer nudillo mientras él lentamente lo movía dentro y fuera de mi boca.

Mi barbilla aún se ahuecaba en sus dedos.

Mis ojos estaban enfocados en los suyos.

Ambos estábamos haciendo suaves sonidos de placer.

Y mi coño no dejaba de apretarse.

En un momento, su mano resbaló.

Tiró de mi barbilla para ajustarme, y me caí hacia adelante.

Recuperé el equilibrio colocando mis palmas sobre sus muslos.

Justo al lado de su ingle.

Como resultado, gemí y chupé más fuerte su dedo.

Su siseo de sorpresa fue su única reacción mientras seguía empujando su pulgar dentro y fuera de mi boca.

Luego gimió cuando mis manos apretaron los músculos firmes debajo de su ropa.

Un momento después, se había liberado y se estaba poniendo de pie.

Robert metió la mano en sus calzoncillos nuevamente y luego soltó su polla rápidamente con una fuerte exhalación.

La corona, de aspecto rojo y excitado, descansaba a solo unos centímetros de mis labios.

La punta brillaba con una sola gota perlada en el centro.

Mi lengua se salió de mi boca de anticipación.

"Vamos."

Su aprobación áspera me hizo gemir y lamer mis labios nuevamente.

"Vamos zorra."

Su cuerpo se balanceó un poco cuando mis dedos reemplazaron los suyos y envolvieron la textura aterciopelada de su miembro duro, manteniéndolo firme.

Él gimió en voz alta en el momento en que llevé la punta de mi lengua hacia el ojo de su polla.

Hacia esa perla.

Lamiéndola y llevándola de vuelta a mi boca.

Saboreando la salinidad de su precum.

Él era el que temblaba ahora, apoyado contra el borde de mi escritorio, nuevamente, para obtener apoyo.

Aumentando el coraje en mis venas, lancé otra lamida.

La parte plana de mi lengua, esta vez, sobre la parte plana de su cabeza flexible.

Otra maldición de él fue animándome más.

Mi tercera lamida fue más audaz, girando alrededor de la corona.

Una rápida mirada hacia arriba, a su cuello extendido y ojos cerrados, mostró que lo tenía donde lo quería tener ... a mi merced, aunque solo fuera por unos minutos.

Sellando mis labios alrededor de su corona en la siguiente lamida, chupé mientras apretaba suavemente mi mano alrededor de su gran pollón.

"¡Joder, zorra cómo sabes chupar!"

Había anticipado su empuje y retrocedí, su polla se soltó con un suave estallido.

Después de respirar profundamente, lo tuve de nuevo en mi boca.

Más profundo ahora.

Chupando mientras acariciaba.

Gimiendo cuando puso una mano sobre mi cabeza y suavemente pasó sus dedos por mi cabello.

Moviendo la silla hacia adelante, me deleité con la sensación contrastante, dura y suave de él deslizándose sobre mi lengua.

La suave textura de su ropa cuando pasé mi mano libre arriba y abajo de su pierna ... alrededor para acariciar su trasero.

El olor a almizcle masculino en su piel cada vez que mi nariz se acercaba a su base.

Pero al igual que con su beso, se apartó antes de que yo estuviera lista para parar.

Dejándome gimiendo.

Luego me puso de pie nuevamente, donde me tambaleé sobre mis talones.

"Erika", dijo bruscamente, lamiéndose los labios.

Buscando mis ojos.

Sosteniéndome contra él por mi brazo derecho, su mano libre se movió hacia mi espalda y se deslizó hacia abajo, acariciando mi trasero.

Ante mi gemido, capturó mi labio inferior entre sus dientes.

Y luego succionó suavemente mientras yo presionaba mi cuerpo contra el suyo, aferrándome a sus brazos.

"¡Robert!" Jadeé cuando de repente me levantó por las caderas y me sentó sobre mi escritorio.

Empujó mi falda estilo lápiz hacia arriba y separó mis piernas, interponiéndose entre ellas.

Su polla descansaba entre nosotros, y sentí la humedad de su precum empapando mi blusa.

Con una mano acariciando mi pierna derecha a través de mis medias hasta el muslo, ahuecó la parte posterior de mi cabeza y me besó.

Muy duro.

Con los ojos cerrados, finalmente me hundí en su abrazo, mis manos vagando por él.

Tocándole los hombros.

Sintiendo sus músculos flexionarse y relajarse.

El calor irradiando a través de su camisa.

Luego estaba en la parte posterior de su cuello.

Su cabello me hizo cosquillas en la punta de mis dedos mientras su lengua saqueaba mi boca.

Uno de mis zapatos se cayó con un chasquido cuando traté de envolver mi pierna alrededor de la suya.

Él también estaba en movimiento.

Agarrando mi otra rodilla, que frotó contra su cadera.

Apretándome suavemente la nuca, haciéndome arquear y gemir.

Luego acarició el costado de mi seno antes de tomarlo en su palma y apretarlo más fuerte.

Su pulgar me acarició el pezón a través de la blusa y el sostén.

En mi estómago, pude sentir su polla latiendo.

Dura y caliente.

Todavía agarrando la parte posterior de su cuello con mi mano izquierda, deslicé mi derecha entre nosotros y envolví mis dedos con picazón alrededor de su polla justo debajo de la corona.

Luego pasé la yema del pulgar hacia adelante y hacia atrás sobre la punta, untando el líquido fino allí.

Burlándome más de la raja.

Robert mordió mi labio inferior nuevamente, arrastrándolo a su boca donde lo chupó.

Lo torció con la lengua.

Luego volvió a cubrir mis labios con los suyos.

Invitando a mi lengua a bailar.

Cuanto más me besaba, más gruñía.

Cuanto más me besaba más me ondulaba contra él.

El sudor se formaba en la nuca debajo de mis dedos.

También podía sentirlo entre mis omóplatos.

Una vez más, se echó hacia atrás, pero solo en nuestras bocas.

Apoyó su frente contra la mía, su aliento caliente en mi cara.

Seguí jugando con su polla, mi mano izquierda apoyada detrás de mí ahora.

"Tú ... eres ... una ... puta... juguetona", jadeó, encogiéndose y besándome suavemente.

Cuando deslizó su mano debajo de mi falda en mi muslo, lo solté y tuve que poner mi otra mano detrás de mí, también, para apoyarme.

Luego fui la que se mordió el labio inferior porque sus dedos acariciaban más hacia adentro.

"¡Mierda!" Todo mi cuerpo se sacudió cuando su nudillo rozó mi coño cubierto por las bragas.

"Estás sensible", se rió entre dientes.

Rozando sus labios en la esquina de mi boca, me golpeó con los nudillos tres veces más.

En cada golpe, presionaba más fuerte.

"Mmm. ¿Erika?"

"¿Eh qué?" Parpadeé e intenté tragar.

"Estás muy mojada, querida puta".

Mis brazos se rindieron y caí hacia atrás sobre el escritorio con un gruñido.

Al sentir un dedo acariciando la parte exterior de mi coño debajo de mis bragas, mis ojos giraron hacia atrás.

Mi mandíbula cayó, y mi voz quedó atrapada en el fondo de mi garganta.

"Que rica estás", murmuró.

En mi visión periférica, vi a Robert desaparecer.

Un segundo después, algo húmedo corrió por mi coño.

Finalmente grité, dándome cuenta de que era su lengua.

Entonces estaba arrullando.

Arqueando mi espalda.

Torciendo mis caderas.

Golpeando las palmas de mis manos con los papeles esparcidos debajo de mí.

Abajo, me había quitado las bragas y me estaba atacando con un arsenal de labios, dientes y lengua.

Pero nunca nada penetrante.

Y, sin embargo, eso es lo que mi cuerpo rogaba silenciosamente.

Algo ... cualquier cosa ...

Bueno, no cualquier cosa.

Quería su polla, pero me conformaría con un dedo o dos por el momento.

Sin embargo, no podía leer mi mente.

Y desafortunadamente, no pude encontrar las palabras para decirle directamente.

Mi otro zapato cayó al suelo cuando él agarró mi tobillo y sostuvo mi pierna hacia arriba y hacia afuera.

Me retorcí más ante la sensación de él golpeando y rodeando mi clítoris con lo que probablemente era su pulgar.

Y en realidad chillé cuando lentamente lamió mi coño de arriba a abajo.

Bromeando con mi anillo trasero apretado y sensible por un momento antes de comenzar de nuevo.

Murmuré una hilera de palabrotas intercaladas con jadeos.

Él gimió y soltó mi pierna después de colocarla sobre su hombro.

Un segundo después, sentí un par de sus dedos deslizarse por el mismo camino que su lengua había hecho antes de presionarme.

"¡Robert!"

Mis manos se apretaron a mis costados, todo mi cuerpo retorciéndose sobre el escritorio.

Atrapada entre tratar de alejarme de su toque y de seguir su mano cuando comenzó a retirarse solo para empujar de nuevo.

Varias cosas resonaron cuando se cayeron del escritorio en el proceso.

Su profunda risa de respuesta me dijo que había logrado la reacción deseada.

Continuó al mismo ritmo, burlándose y torciendo los deseos en mí.

Cada vez que mi pierna comenzaba a resbalar, él atrapaba la parte posterior de mi rodilla en la curva de su codo y la volvía a colocar sobre su hombro.

No tardé mucho en llegar, jadeando y maldiciendo su nombre.

Rodando mi cabeza de un lado a otro sobre el escritorio.

Apretando y soltando una mano sobre su cabello ahora.

La otro estaba masajeando distraídamente mi seno a través de mi blusa como solía hacerlo cuando estaba sola.

Mi mente todavía estaba borrosa unos minutos después.

Respirar era una tarea.

Era consciente de que él bajaba el pie, pero no podía cerrar las piernas ya que todavía estaba parado entre mis muslos.

Se movió de lado a lado por unos segundos antes de que sus dedos acariciaran mis sensibles labios inferiores, haciéndome estremecer.

Luego se retiró de nuevo.

Un momento después, levantó mi cabeza directamente debajo de mi oreja, su pulgar acariciando la elevación de mi pómulo.

El dulce aroma de mis jugos familiares llegó a mi nariz.

"¿Erika?"

Murmuré algo ... abrí los ojos brevemente para ver su rostro colocado ante el mío.

¿Estaba apretando la mandíbula?

"¿Quieres más?"

Parpadeé esta vez.

Me pasó la lengua por los labios.

Intenté hablar, pero terminé asintiendo.

Soltó un suave gruñido.

"Dilo."

Mi coño se apretó y mis ojos se enfocaron momentáneamente.

Mi voz era áspera cuando hablé.

"Sí. Fóllame, Robert".

Sus propios ojos parecían brillar.

Respiró hondo y me dio una breve inclinación de cabeza.

Manteniendo su mano en mi mejilla, sentí que volvía a apartar mis bragas con su mano izquierda antes de que su polla tocara mi coño.

Presionado hacia adelante.

Me la metió.

Gruñimos en tándem cuando él se deslizó dentro.

Lentamente estirándome centímetro a centímetro.

Y luego su ingle descansaba contra la mía.

Dio un rápido empujón de sus caderas, entrando un poco más profundo, lo que hizo que mi cuello se arqueara hacia atrás y mis manos se dispararan para agarrar sus brazos.

Ronroneé cuando él se apartó y empujó hacia adelante nuevamente.

Aceleró un poco.

Estableciendo su ritmo.

Mi respiración irregular se volvió más tensa.

No podía dejar de lamerme los labios.

Tan cerca.

Estaba tan jodidamente cerca de nuevo.

Su antebrazo izquierdo descansaba sobre mí, sus dedos rozaban mi cabello.

Giré mi cabeza hacia su toque y cerré los ojos.

Gimiendo cuando su otra mano ahuecó y acarició mi pecho o cadera a través de mi ropa.

"Córrete para mí."

Presionó sus labios contra mi frente y agarró mi rodilla, arrastrándola hasta su cadera nuevamente.

Mi espalda se arqueó en un espasmo por sus palabras.

Me quedé boquiabierta por la forma en que me acarició deliberadamente, tanto por dentro como por fuera.

Siguió empujándome más allá de ese precipicio.

Asomándome por encima.

Y luego estrangulé su nombre, poniéndome rígida antes de que mi cuerpo girara a la derecha y luego a la izquierda.

Murmurando palabras que nunca había pronunciado antes ... probablemente ni siquiera sabía lo que significaban.

Diablos, probablemente ni siquiera eran palabras reales.

"Dios, eres tan hermosa, Erika".

El jadeo de Robert se volvió aún más laborioso.

Los sonidos que estaba haciendo eran intoxicantes.

Me mantuvieron retorciéndome debajo de él.

Creo que me vine una segunda vez, ¿o fue una tercera?

Antes de sentirlo tensarse.

Empujó más fuerte.

Y luego gruñó mi nombre antes de dejar caer su cuerpo sobre el mío.

El calor de su cuerpo se filtró a través de las capas de nuestra ropa humedecida en sudor.

Su corazón latía tan salvajemente como el mío contra mi pecho.

O tal vez fue mío lo que sentí.

Luego, su mano se apretó ligeramente en mi cabello, su pulgar acariciando distraídamente mi frente.

Alterné entre tragar aire y humedecerme los labios.

Pasé mi mano arriba y abajo por la parte posterior de su brazo izquierdo, que había metido en mi costado después de su liberación, una vez que me recuperé lo suficiente como para recordar quiénes éramos ... dónde estábamos.

Una réplica sacudió mi espalda baja, haciendo que mis extremidades se contrajeran.

Mi coño se apretó y su polla se retorció dentro de mí.

Ambos gemimos.

Levantó su peso de encima de mí, besándome suavemente antes de levantarse por completo.

Me mordí el labio por otro espasmo en su retirada total, contenta de que todavía tenía el escritorio debajo de mí para apoyarme.

Hipnotizada, miré al hombre al que había tenido en mi radar desde el primer día.

Se me ocurrió que él había estado pensado en todo esto, ya que vino preparado, mientras lo veía quitar el condón gastado, envolverlo en un par de pañuelos y tirar el paquete en mi papelera.

Se quedó frente a mí cuando se guardó la polla y se ajustó los pantalones.

Esperaba que él terminara de arreglar su ropa, que tal vez pasara su mano por su cabello ligeramente desordenado.

Pero me sorprendió cuando me sonrió y puso una mano detrás de mi hombro, ayudándome a colocarme.

A levantarme.

Tomando mi rostro en sus dos manos, me besó suavemente.

Luego dio un paso atrás e inclinó la cabeza mientras jugaba con mi cabello.

Ajustó mi blusa sobre mis hombros y me alisó con sus manos por el frente sobre mis senos.

Me enderezó la falda con otra mano sobre mi trasero, haciéndome temblar y sonreír como una tonta.

"Estás presentable de nuevo".

Su voz era muy suave.

Y su sonrisa torcida y sus ojos brillantes delataban que probablemente todavía estaba bajando de la adrenalina también.

Cuando estuve seguro de mi equilibrio, usó mis pies para voltear los talones hacia arriba y apuntarlos en la dirección correcta para poder deslizarle los zapatos nuevamente.

De forma ausente, deslice mis manos por mi cuerpo desde las tetas hasta el culo para asegurarme de que todo se sentía bien como si él no lo hubiera hecho él mismo.

Luego volví mis ojos a mi escritorio y fruncí el ceño.

Mi hoja de cálculo de gran tamaño estaba arrugada.

Había una mezcla de caracteres que parecía un idioma extranjero en la pantalla de la computadora.

Y faltaban la grapadora y el cubo de lápices.

Al menos había tenido la inteligencia de guardar mi informe antes de que me sedujera.

Los elementos antes mencionados reaparecieron repentinamente con dos grandes manos masculinas posicionándolos cerca de mi computadora.

Ese había sido el ruido que había escuchado antes.

Casi en cámara lenta, levanté la cabeza, observando lo bien que le quedaba el chaleco a medida antes de fijarme en su oscura mirada.

Durante un largo momento, Robert y yo nos miramos el uno al otro.

La comisura de su boca todavía estaba doblada.

Me di cuenta de que mi pulso todavía estaba acelerado.

Tras alcanzar ciegamente detrás de mí, encontré uno de los reposabrazos y volví a colocar la silla en su sitio.

No fue sino hasta que me senté y me volví para borrar el galimatías que estaba escrito en la computadora que habló.

"¿Qué estás haciendo, Erika?"

Miré de un lado a otro entre él y el monitor un par de veces.

"Terminando mi informe que interrumpiste. Debe entregarse el martes por la mañana y no me lo llevaré a casa este fin de semana".

Tiró de los puños de su camisa de vestir y de las puntas de su chaleco antes de sentarse en la misma silla de visita que antes y cruzó la rodilla derecha sobre la izquierda.

"Uh, ¿qué estás haciendo, Robert?"

Ajustó el nudo de su corbata de marca para que estuviera más cerca de su cuello y luego juntó las manos en su regazo.

"Esperando a que termines tu informe".

Arqueé una ceja.

"¿Para qué?"

Robert me dio una sonrisa elegante.

"Para llevarla a cenar, por supuesto, antes de continuar con esto en un ambiente más cómodo para la exploración trasera. Si eso le agrada, señora Sanders".

Con un salto en mi pulso y una contracción en la esquina de mis propios labios, volví a mi monitor.

"Muy bien, señor González. Debería haber terminado aquí en unos cinco minutos".

FIN